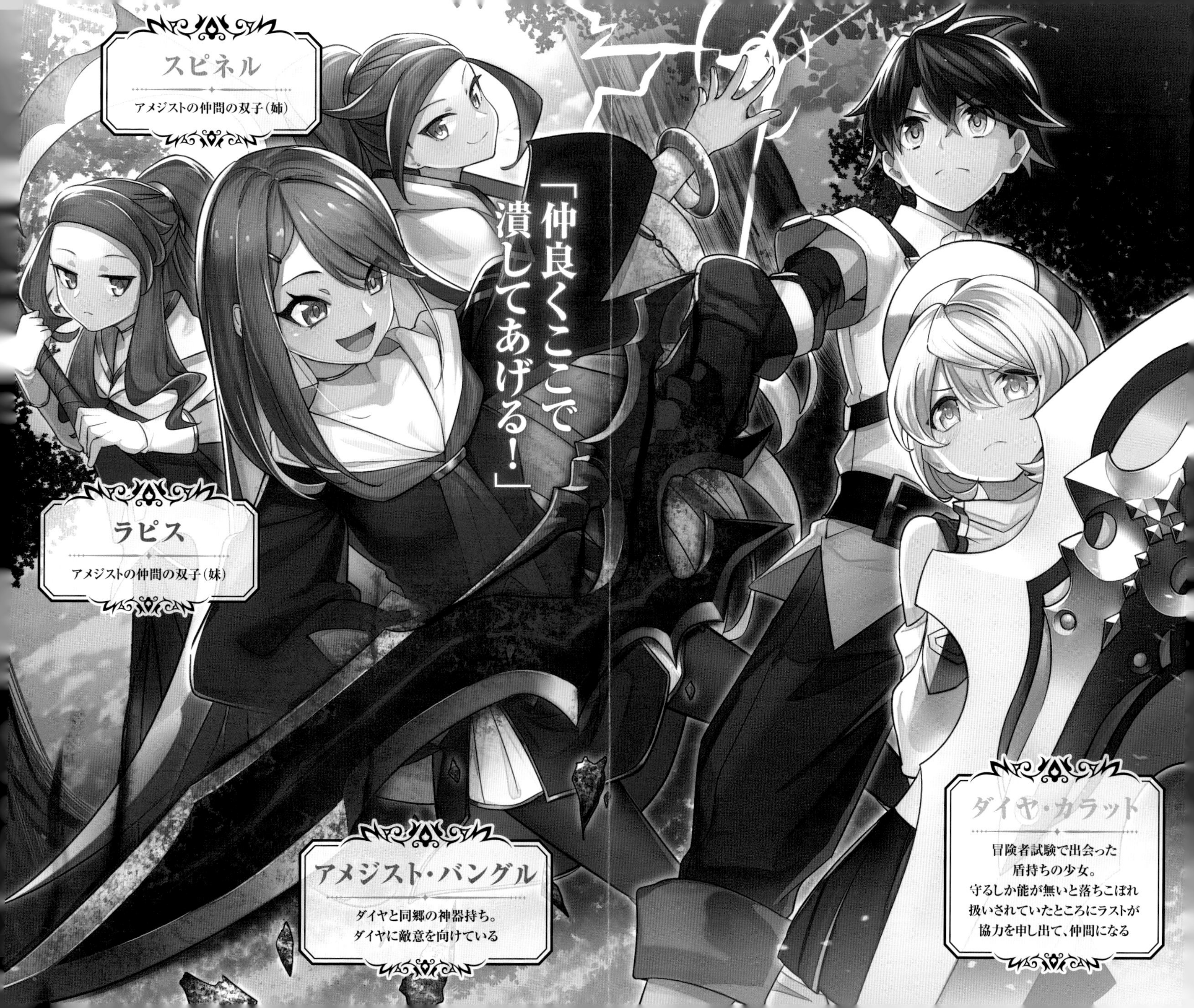

「仲良くここで潰してあげる！」
スピネル
アメジストの仲間の双子（姉）
ラピス
アメジストの仲間の双子（妹）
アメジスト・バングル
ダイヤと同郷の神器持ち。
ダイヤに敵意を向けている
ダイヤ・カラット
冒険者試験で出会った
盾持ちの少女。
守るしか能が無いと落ちこぼれ
扱いされていたところにラストが
協力を申し出て、仲間になる

【さびついた剣】を
試しに強化してみたら、とんでもない
魔剣に化けました
ランク:A
【炎龍の大剣】
『み、見てよラスト！
私、Aランクの神器だよ！
一番強い神器だよ！』
ラスト・ストーン
英雄に憧れる気弱な少年。
ルビィに守られてばかりだが、
諦めの悪さや内に秘める
夢への情熱は人一倍
ルビィはAランクの神器で、
僕はFランクの神器。
最強と最弱。
ルビィは最強の冒険者から
勧誘されて、僕は誰の目にも
留まらなかった。
ルビィ・ブラッド
快活で正義感の強い
ラストの幼馴染み。
ラストと共に冒険者になろうと
約束をしている
ランク:F
【さびついた剣】

【さびついた剣】を試しに強化してみたら、とんでもない魔剣に化けました

万野みずき
mizuki manno

ill. 赤井てら

口絵・本文イラスト
赤井てら

装丁
coil

contents

プロローグ

夢を見た。

懐かしい夢だった。確か六歳くらいの頃《ころ》。

いつものように、僕がいじめられている時の夢だ。

『なに読んでんだよラストー?』

『俺たちに見せてみろよ』

母さんに買ってもらった宝物の冒険譚を、年上の男の子たちに取り上げられてしまった時だったかな。

何を言っても返してくれず、力でも敵わないため取り返すことができなかった。

だから思わず泣きじゃくっていると、幼馴染《おさななじみ》のルビィ・ブラッドが助けに駆けつけて来てくれた。

『コラー!　ラストをいじめるなー!』

見慣れた真紅の長髪を靡《なび》かせて、華奢《きやしや》なのに頼り甲斐《がい》のある背中を見せてくれた。

そして彼女は、いじめっ子たちに食って掛かった。

『それはラストの物でしょ!　ラストに返しなさいよ!』

『やなこった!　泣き虫ラストに返すわけないだろ!』

『悔しかったら力尽くで取り返してみろよ!』

その結果、取っ組み合いの喧嘩《けんか》を始めてしまった。

少女一人と年上の男子二人。

勝ち目なんて絶対にないと思った。

ルビィは喧嘩で負け知らずだったけれど、それは同年代の子供たちに対してだけで、さすがに年上の男の子が二人ともなれば敗色は濃厚だと。

しかしルビィは、誠に信じがたいことに、いじめっ子たちに無傷で勝利してみせた。

強かった。かっこよかった。心が惹《ひ》かれた。

華奢なその体のどこからそんな力が出せるのかと不思議に思わされた。

そしてルビィはいじめっ子たちから取り返してくれた冒険譚を持って、陽《ひ》だまりのような笑顔を僕に見せてくれた。

『ほらっ、大事な冒険譚なんでしょ。もう取られたりしちゃダメだよ』

この時に僕は、初めてこう思ったんだ。

この人みたいに強くなりたいって。

冒険譚に描かれている英雄様も、僕の憧《あこが》れの一つだけれど。

何よりも目に見える明確な目標を、僕はこの瞬間に見つけた。

どんな相手にも果敢に立ち向かって、困っている人たちを笑顔で助けていく。

こんな英雄に、僕はなりたい。

そんな、懐かしい夢を見た。

1

「おーい、ラストー！　早く起きないと遅刻しちゃうよー！」

「んっ……」

朝。

頭まで布団をかぶって寝ていた僕は、一人の少女の声で目を覚ました。

寝ぼけ眼《まなこ》を擦りながら布団を剥《は》がすと、僕の顔を覗《のぞ》き込む赤髪の少女と目が合った。

「おはようラスト。今日は待ちに待った『祝福《しゅくふく》の儀』だよ。早く準備して教会に行こう」

「……ルビィ」

幼さの残るあどけない顔。鮮やかな真紅の長髪。透き通るような白い肌と華奢な体つき。

見慣れたルビィの姿がそこにあった。

彼女は寝起きの僕を面白がるように見つめて、満面の笑みを浮かべている。

「まったくもう、昨日《きのう》はあんなに『祝福の儀』を楽しみにしてたのに、儀式に間に合わなかったら元も子もないでしょ」

「ごめんルビィ」

僕は欠伸《あくび》を噛《か》み殺《ころ》しながら謝って、のそのそとベッドから起き上がる。

そうだ、今日は楽しみにしていた『祝福の儀』を受けるのだ。

今日で僕たちは正式に成人になる。

そして神様から『神器』を授かることになるのだ。

魔族を倒すための特別な武器――『神器』。

それを授かる機会を逃すわけにはいかない。

「わざわざ起こしに来てくれてありがとう。すごく助かったよ。でもなんで勝手に部屋まで入ってるのさ？　前からそれやめてって言ってるでしょ」

「だって、ラストママが『起こしてきて』って言うから」

母さんめ……。

ルビィは家が真向かいにあって、昔からよく一緒に遊んでいる。

家にもよく遊びに来てくれて、小さい頃から僕の部屋にも勝手に入って来るのだ。

子供の頃は別に気にしてはいなかったのだけれど、最近は気恥ずかしさもあるからやめてほしいって言ってるのに。

だって僕たちはもう、立派な大人なのだから。

「ラストも私の部屋に自由に入っていいからね」

「入らないよ！」

そんなツッコミを入れながら部屋の窓を開けて、ぐっと背中を伸ばしていると、ルビィが後ろで呆《あき》れた声を漏らした。

「それにしても、ラストが儀式のギリギリまで爆睡してるなんて、いったいどういうことなの？　夜遅くまで大好きな冒険譚でも読んでたの？　それとも楽しみにしすぎて昨日は眠れなかった？」

「いや、その……」

あの夢を見ていたからとはなんだか言いづらい。

思い出深い夢に浸っていたからと正直に答えず、僕はもう一つの理由を話した。

「儀式は楽しみだけど、でもそれと同じくらい緊張もしてるんだ。そのせいで昨日はあんまり眠れなくて」

「緊張？　なんで？」

きょとんと首を傾《かし》げるルビィに、僕は瞼《まぶた》を擦りながら返した。

「だって、どんな神器を授かるかはわからないわけだし、もし変な神器を授かっちゃったらどうしようって不安になっちゃって……」

「まあ、それもそうだね。儀式は一度きりなんだし、やり直しだってできないしね。それに変な神器を授かっちゃったら、『冒険者』になる夢が叶《かな》えられないもんね」

冒険者。

それは神器を手に、人々を守るために魔人や魔物と戦っている存在。

町を救えば英雄として崇《あが》められて、その功績は冒険譚などで後世にまで伝えられる。

僕とルビィはそんな冒険者に強く憧れている。

別に、魔族に家族を殺されたとか、病気の親友のために大金を求めているとか、そんな大層な理由は何もありはしない。

僕は、冒険譚に書かれているような、かっこいい英雄様に憧れているのだ。

冒険譚はとても良い。読んでいるだけでわくわくしてくる。そしてそこに書かれている英雄様のようになれたらいいなと思わせてくれるのだ。

小さい頃《ころ》は肌身離さず持ち歩いていて、いつでもどこでも冒険譚を読んでいたっけな。そのせいで村の子たちから遊びに誘われなくて、独りぼっちになっちゃったけど。

ちなみに心優しいルビィの場合は、日々魔族による人的被害が絶えず、今もどこかで犠牲になっている人がいるというのが耐え難くて冒険者を目指しているらしい。

ともあれ僕たちはそんな思いから、一緒に冒険者になることを約束している。

そしてその約束を果たすためには、祝福の儀で強力な神器を授からなければならない。

魔族を倒すためには、『神聖力』が宿された『神器』が必要不可欠だからだ。

魔族は『魔装』と呼ばれる硬質の皮膚を備えている。

普通の武器で攻撃しても傷一つ付けることができないが、神聖力の宿った神器ならその魔装を貫くことができるのだ。

それに自分の神器以外は使うことができないし、授かった神器とは一生付き合うことになる。

だから絶対に失敗は許されない。

そんな大切な儀式を目前に、安眠なんてとてもできるわけないじゃないか。

なんて思いながら、寝癖のひどい頭を手櫛《ぐし》で撫《な》でていると、ルビィが悪戯《いたずら》っぽい笑みを浮かべて言った。

「ま、ラストは昔から気が小さかったからね。そのせいで村の男の子たちからしょっちゅう意地悪されてたし、儀式を受けてちょっとはその性格も直ったらいいのにね」

「うっ……」

余計なお世話だ。

と言い返してやりたいところだったが、本当のことなので何も言えない。

何よりルビィには意地悪されているところを何度も助けてもらっていたので、彼女には僕をからかう権利が両手いっぱいにある。

最近はめっきり減ってきたけれど、思えば数年前までは毎日のように意地悪をされていたっけな。

遊び道具を隠されたり、理由もなく突き飛ばされたり、大切な冒険譚を取り上げられたり。

その度にルビィが助けに来てくれて、今でも深く感謝している。

「いつまでもお姉ちゃんの私が守ってあげられるわけじゃないんだから、強くならなきゃダメだよ」

「……誰《だれ》がお姉ちゃんだよ」

誕生日は僕の方が早いんだぞ。

いや、誕生日が早いくせに守られている方が情けないか。

むしろ自分の首を絞める一言になると思い、やはり僕はそれ以上何も言わなかった。

「何はともあれ、お互い良い神器を神様から授けてもらおうね」

「……うん」

本当にそう思う。

授かる神器を自分で選べたらよかったんだけど、そうできないから今は祈るしかない。

お互いに良い神器を授けてもらい、二人で冒険者になって肩を並べて戦うことができたらいいな。

「……」

窓の外を眺めるルビィを一瞥《いちべつ》しながら、僕は密《ひそ》かに思いを巡らせる。

ルビィは気付いているのだろうか。

僕の気持ちについて。

本人には言っていないけれど、僕が目標にしている人物は冒険譚の中の英雄様だけではなく、目の前にいるルビィ・ブラッドもその一人だ。

ルビィみたいに強くなりたいというのが、今の僕の信念である。

そしていつか、助けてもらってきた恩返しができたらいいなって思っている。

これまでの恩をすべて返し終えるまで、きっと途方もない時間が掛かるだろうけれど、いつか必ず成し遂げてみせる。

そのためにも強くならなきゃいけない。隣に立って一緒に戦えるようにならなきゃいけない。だから儀式で強い神器を授けてもらうんだ。

密かに決意を抱いていると、窓の外を見ていたルビィが高揚した様子で叫んだ。

「見て見てラスト！　教会の方にたくさんの子供たちが集まってるよ！　なんかお祭りみたいでドキドキするね！」

「……」

まるで子供のようにはしゃぐルビィ。

僕の気持ちになんてまったく気付いていない様子だ。

本当、普段はこんなに子供っぽくて風格なんて微塵《みじん》もないのに。

困っている人を助ける時は途端にかっこよくなっちゃうんだから。

なんかずるいよなぁ、なんて思っていると、ルビィが笑顔で窓の外を指差した。

「さっ、早いところ準備して教会まで行こう！　もうみんな集まってるからさ！」

「うん、そうだね。でさ、僕は今から着替えるから、ちょっと部屋の外で待っててくれないかな？」

実はさっきから着替えようかなと思っていたのだが、いつまで経《た》ってもルビィが出ていく様子がない。

だからついに言葉にしてみたのだけれど、ルビィは先ほどと同じように、ニカッと悪戯な笑みを浮かべた。

「二度寝しないか心配だから、ここで見張っててあげるね」

「そんなことしないから早く出てってよ！」

本当に遅刻しちゃうじゃないか。

祝福の儀。

十二歳を迎えた子供たちが、神様から神器を授かる儀式のこと。

一年に一度、太陽から神聖な光が注がれる日に、『神へパイストス』様と対話することができるそうだ。

対話ができるのは十二歳以上の人間。つまりは大人。

昔の人たちは魔人や魔物と戦う術がなく、一方的に虐げられていた。

それを助けてくれるように神様にお願いをしたところ、驚くことに対話を持つことができて、魔人や魔物を倒すことができる特別な武器を授けてもらったそうだ。

それが『祝福の儀』の起源と言い伝えられている。

まあ、本当の話かどうかはわからないけど。

ともあれ、十二歳以上の人間が、神聖な日に教会の祭壇の前で祈りを捧《ささ》げると神器を授けてもらえるのは確かだ。

そしてその祝福の儀は、基本的に希望すれば誰でも参加することができる。

多くの人たちは成人となった記念として儀式に参加するみたいだけど、中には僕やルビィみたいに冒険者や衛士に憧《あこが》れて神器を求める人たちもいる。

まあ町や村によっては、素行が悪いと拒否されてしまう場合もあるらしいけどね。

理由としては、神器を犯罪に悪用する背教者《レネゲイド》になる可能性があるからだそうだ。

ともあれ、ここレッド村ではすべての希望者に参加を許しているので、特に気にする必要はない。

「うわっ、すごい人数だね。儀式を受ける人たちだけじゃないのかな」

ルビィと共に教会までやってくると、屋内にはすでにたくさんの人たちが集まっていた。

子供だけではなく大人たちも集い、中には見覚えのない人たちまでいる。

他の町や村から来た人たちだろうか？

「儀式を受ける子の家族とか知り合いとかが、晴れ姿を見に来たみたいだね。あとはたぶん、有望な人材を探しに来た冒険者たちじゃないかな」

「あっ、そっか……」

見覚えのないこの人たちは、たぶん『冒険者』だ。

有望な人材――とりわけ強力な神器を授かる新成人がいないか探しに来たのではないだろうか。

そして自分のパーティーに勧誘するつもりなのだろう。

レッド村は大きな村だけど、なにぶん辺境の田舎《いなか》村なので、そういう勧誘に来る冒険者たちがいるとは思わなかった。

ていうか……

「どうしたのラスト？　さっきから固い顔してるけど、もしかして緊張してる？」

「そ、それはそうだよ。だって冒険者たちがいるんだよ？　上手《うま》くいけば儀式が終わってすぐに勧誘されるかもしれないじゃん」

冒険者になるためには試験に合格しなければならない。

だが既存の冒険者から勧誘を受けた場合は、試験を受ける必要がないのだ。

推薦というやつらしく、階級の高い冒険者にしかできないことらしい。

ここで強い神器を授かって、勧誘してもらうことができれば、瞬く間に夢の冒険者になることができる。

そうとわかったら緊張してきた。

母さんは仕事が忙しくて来ておらず、その分緊張することはないと思っていたんだけど。

冷や汗を滲《にじ》ませながら教会の奥に進んでいくと、どこからかルビィを呼ぶ声が上がった。

「あっ、ルビィちゃん遅いよ！」

「あとちょっとで儀式始まるってよ！」

「あっ、みんなおはよう！　お待たせ！」

ルビィは「ちょっと行ってくるね」と言い残して、僕から離れていった。

彼女はかなり顔が広い。レッド村には多くの友達がいて、大人たちとも深い交流があるくらいだ。

人見知りな僕とは正反対の性格をしている。

というわけで独りぼっちになった僕は、仕方なく隅っこの方で儀式が始まるのを待つことにした。

と、端に寄ろうとした時……

「いたっ！」

『ドンッ！』と誰かと肩がぶつかった。

否、相手がわざと肩をぶつけてきたのだ。

いったい誰《だれ》だろう？　いやそんなのわかり切っているけど。

「おっ、ラストじゃねえか。悪《わ》りぃ悪りぃ、チビすぎて全然気付かなかったわ」

「……ヘリオ君」

金色の髪を逆立てているつり目の少年。

いつも僕に嫌がらせをしてくる、同じ村に住むヘリオ・トール君だ。

いじめっ子たちの統率者、と言えばいいだろうか。

彼も『祝福の儀』を受けるために教会に来ているらしい。同い年だから当然だけど。

「なんだよ、お前も祝福の儀受けるのかよラスト。どうせ大した神器もらえねえくせに、受ける意味あんのかよ」

「……は、はは」

嫌味な台詞《せりふ》を浴び、僕は苦笑を滲ませる。

昔から意地悪をされているので、ヘリオ君はどうも苦手だ。

強く言い返すことができない。

「弱虫ラストが神器を授かったところで、どうせ震えちまって魔族と戦えねえだろうが。儀式なんて受ける意味ないだろ。ただでさえ人数も多いし、早いとこ帰った方がいいんじゃねえか?」

「……そ、そうかもね」

だからこんな風に、いつも苦笑いで誤魔化《ごまか》そうとしてしまう。

何か言い返さなきゃいけない。そうとわかってはいても、昔からの意地悪が脳裏をちらついて反抗することができないのだ。

結果、僕は弱々しい苦笑を滲ませて黙り込んでしまう。

しかし、そんな時に限って……


「あっ、ヘリオ。またラストに嫌がらせしてるでしょ！　こんな時までやめなさいよ！」

「チッ、めんどくせぇ奴《やつ》が来やがったな」

タイミングよくルビィが戻って来た。

ルビィはいつもこんな風に、ヘリオ君や他の男の子たちに意地悪されている僕を助けに来てくれる。

水を差されて興が削《そ》がれてしまったのか、ヘリオ君はつまらなそうな顔をして僕らに背を向けた。

「ま、せいぜい同じ世代として、恥ずかしい真似《まね》だけはすんじゃねえぞ、ラスト」

「……うん」

スタスタと歩き去ったヘリオ君を見て、僕はほっと胸を撫で下《お》ろした。

はぁ、怖かった。

やっぱりヘリオ君は苦手だなぁ、なんて思っていると、ルビィが横から脇腹《わきばら》を小突いてきた。

「『うん』じゃないでしょ。何か言い返しなよ」

「……ごめん」

「私たちももう十二歳で成人になるんだから、もっとしっかりしなきゃダメだよ。そんなんじゃかっこいい英雄になれないんだから」

「そ、そうだね」

……本当に情けない。

いつまでもこうしてルビィに守られているわけにはいかないんだ。

いじめっ子の一人や二人を自力で撃退できなければ、僕の憧れている英雄になんて到底なれるはずがない。

だから、今日で僕は変わる。

弱虫で泣き虫でいじめられっ子のラスト・ストーンを変えてみせる。

憧れている英雄になるための第一歩だ。

人知れず決意を固めていると、教会に神父様の声が響いた。

「それではただいまより、『祝福の儀』を始める。儀式を受ける者は祭壇の前へ」

ざわついていた教会が一転、シーンとした静寂に満たされる。

するとさっそく一人の少年が、参加者たちの中から出てきた。

「よし、まずは俺から行くぜ！」

少年は神父様の指示に従って、祭壇の前へと歩いていく。

その祭壇は、天窓から降り注ぐ日の光を浴びて、白い輝きを放っていた。

あれが神聖な力が込められた陽光。あの状態で祈りを捧げると、祭壇に神器が出現する。

「それでは、祈りを」

神父様の声に従い、少年が両手を合わせると、より眩《まばゆ》い光が祭壇から放たれた。

あまりの眩《まぶ》しさに思わず目を閉じ、再び開いてみると、祭壇には一本の大きな斧《おの》が出現していた。

「これが、祝福の儀……」

思わず僕は目を見開いてしまう。

前にも何度か儀式を立ち見させてもらったことはあるが、毎度この現象には驚きを禁じ得ない。

ましてや今度は儀式を受ける側《がわ》なのだから、なおのこと衝撃は大きい。

驚きながら祭壇の方を見守っていると、少年が嬉《うれ》しそうに神器を手に取って叫んだ。

「【鋼鉄の大斧】！　Cランクの神器だ！」

瞬間、周囲からパチパチと拍手が巻き起こる。

神器は触れることで詳細な情報――『性能《プロパティ》』を知ることができる。

名前、ランク、その神器に宿っている力のすべてを。

そして儀式を受けた者は、どんな神器を授かったか公表する習わしがある。

それに則《のっと》って神器の名前とランクを言った少年は、嬉しそうに後ろへ下がっていった。

「つ、次は私がやります！」

続く少女も祈りを捧げ、祭壇が眩い光を放つ。

現れた緑色の短剣を手に取り、同じく少女も大きな声を上げた。

「【疾風の短剣】。私もCランクです！」

再びの喝采《かっさい》。

周囲の人たちは嬉しそうな反応を見せた。

「今年は豊作かもしれないな」

「年によってはCランク神器一本すら出ない場合もあるもんな」

「それがいきなり二本だし、ますます楽しみだな」

神器にはランクというものが定められている。

上からA、B、C、D、E、Fと神器の性能《プロパティ》によってランクが変動する。

平均的なのはDランクの神器。多くの人たちはその神器を授かることになる。

その中でCランク神器がいきなり二本も出たのだから、周りの人たちが喜ぶのも無理はない。

一説によるとCランク神器は千人に一人。Bランク神器は一万人に一人。Aランク神器は十万人に一人与えられると言われている。まあ、それは定かではないけれど。

ともあれ素晴らしい成績を残した少年少女に続き、祝福の儀は順調に進められていった。

Dランク、Dランク、Cランク……やはりDランクの神器が多いように見える。それよりもDより下のランクの神器がまったく出ていないのは、やはり今年は豊作なのかもしれない。

と、そんな中……

「な、なんだあの神器は⁉」

祭壇の方を注視すると、そこには明らかに他の神器とは一線を画する青白い長槍《やり》が置かれていた。

綺麗《きれい》な装飾が施されており、見るからに強力そうなオーラを放っている。

それを手にして堂々と掲げたのは、あのいじめっ子のヘリオ君だった。

「【雷撃の長槍】。Bランクだ」

瞬間、今日一番の喝采が送られた。

「おぉ！　さすがヘリオ！」

「お前ならやると思ってたぞ！」

「俺にもよく見せてくれよ！」

村の大人たちや彼の友達が、ヘリオ君に拍手を送った。

Bランクの神器。確かにすごい。

ヘリオ君は昔から喧嘩《けんか》も強かったし、僕やルビィと同じで冒険者を目指しているとも言っていた。

あの神器ならきっと、すごい冒険者になれるに違いない。

すると周囲で見ていた冒険者たちが、さっそくヘリオ君に声を掛け始めていた。

「君、冒険者に興味はあるかい？　よかったらうちのパーティーに来ないか？」

「うちも大歓迎だぜ少年！　冒険者になって一緒に魔族を倒そうぜ！」

数多《あまた》の冒険者勧誘。

これでヘリオ君は冒険者試験を受けずに冒険者になることができる。

なんて羨《うらや》ましいのだろうか。

そう思いながらヘリオ君を見ていると、不意に彼が僕たちの方を見てきた。

にやりと頬《ほお》を緩ませている。

「あの勝ち誇った顔、めっちゃムカつくんだけど！」

「あ、あはは……」

どうだ見てみろと言わんばかりの顔だからね。

ルビィはお気に召さなかったみたいだ。

「よーし！　私もあいつに負けないくらいの神器出してやるんだから！」

「うん、頑張ってルビィ！」

Bランクの神器を授かったヘリオ君に負けじと、ルビィも祭壇の前に立つ。

そして傍らで見ている神父様にペコリと頭を下げて、礼儀正しく名乗った。

「ルビィ・ブラッドです。宜しくお願いします」

ルビィは祭壇の前で手を合わせ、神様に祈りを捧《ささ》げる。

いったいどんなことを考えているのか、僕には想像もつかない。

けれど側から見ていても、彼女の真剣さが伝わってきた。

すると祭壇が眩い光を放ち始める。

心なしか、他の人の儀式よりも祭壇の輝きが強い気がした。

やがて光が収まると、祭壇の上に一本の大きな剣が置かれていた。

「あ、あれは……」

柄まで真っ赤《まっか》に染まった大剣。

女の子が振り回すにしては不釣り合いな肉厚の刃。

しかしルビィはその大剣を軽々と持ち上げると、神器の名前とランクをたどたどしく口にした。

「えっと……【炎龍の大剣】。Aランク？」

しばし、教会が沈黙に包まれた。

皆、目を丸くしてルビィのことを見据えている。

やがて固まっていた人々が我に返ると、わっと歓声が教会に轟《とどろ》いた。

「す、すげえ！　Aランク神器だ！」

「間近で見るの初めてなんだけど！」

「めちゃくちゃ綺麗だな！」

ルビィ自身もすぐに自覚はできなかったみたいだ。

遅れて自分の神器の凄《すご》さに気が付くと、それをぶんぶんと掲げながら僕の方を見てきた。

「み、見てよラスト！　私、Aランクの神器だよ！　一番強い神器だよ！」

「す、すごいよルビィ……」

本当にヘリオ君に負けないくらいの神器を、神様からもらってしまった。

やっぱりルビィはすごい。正義感が強くてかっこよくて、冒険者になる才能も持ち合わせていた。

幼馴染《おさななじみ》として、僕もとても嬉しい。

密《ひそ》かに喜びを噛《か》み締《し》めていると、やがて冒険者の人たちがルビィの元に殺到した。

Aランクの神器なんてそうお目に掛かれるものではない。勧誘の声が集まるのは必然だ。

たくさんの勧誘を受けて困り果てるルビィ。そんな中、群衆の中から一人の女性が出てきた。

まるで光を帯びているような、腰まで伸びる白色の髪。同じく透き通るように真っ白な肌。整った顔立ち。

美女と言っても差し支えないその女性は、冒険者の大群を威圧だけでかき分けると、ルビィの前に立った。

「お、おい、あれって……」

「あぁ、間違いねえ……」

「勇者パールティだ……」

その名前には僕も聞き覚えがあった。

最強の冒険者には与えられる称号――『勇者』。

冒険者として偉大な成果を数々と残し、世界中の人々に認められた、まさに英雄の体現。

そして現在、その勇者の称号を持つ者は、パールティ・ライトニングという名の女冒険者だという。

通称『勇者パールティ』。あの人がそうなのか。

でもいったい、ルビィに何の用があるのだろうか？

「もしよければ、私のパーティーに入らないか？　ルビィ・ブラッド」

「えっ？」

驚いたのはルビィだけではない。

僕も、周囲の人々も同様に息を呑《の》んだ。

「ゆ、勇者のパーティーに勧誘されてる!?」

「す、すごいよルビィ！」

「絶対に入った方がいいぞ！」

という周りの喧騒《けんそう》に、勇者パールティは顔をしかめた。

「ここでは騒がしくて話にならんな。向こうで詳しいことを話そう、ルビィ・ブラッド」

「わ、私でいいんですか？　私が、あの勇者のパーティーに入っても……？」

「君以外にルビィ・ブラッドという名の参加者が他にいるのか？　いいからついて来なさい」

「は、はい！」

そう言われたルビィは嬉しそうに勇者の後ろをついて行った。

が、姿を消す直前、ピタッと立ち止まる。

すると僕の方にちらりと目を向け、ぐっと握《にぎ》り拳《こぶし》を見せてきた。

『ラストも頑張れ！』。そう言っているように僕には見えた。

その後ルビィは、パールティのあとを追って群衆の中に消えて行った。

僕はその後ろ姿を呆然《ぼうぜん》と眺めていることしかできなかった。

「す、すごいなルビィ……」

あの伝説の勇者、パールティ・ライトニングに勧誘されるなんて。

となると、僕も願わずにはいられない。

「僕も、あんな神器がほしい」

Aランクなんて贅沢《ぜいたく》は言わない。魔族と充分に戦えるだけの神器を。

そして、どこかのパーティーに勧誘されて、ルビィと同じように冒険者になりたい。

僕は意を決し、祭壇の前へ歩いて行った。

「君が最後だな」

「はい。ラスト・ストーンです」

神父様に挨拶《あいさつ》を済ませ、僕も儀式の準備に入る。

祭壇の前で手を合わせ、神様に祈りを捧げる。

どんなことを祈るのかは自由らしい。けれど僕の言うことは決まっている。

神様、どうか僕に力をください。

ルビィと一緒に戦えるくらいの力を。

ヘリオ君に負けないくらいの力を。

英雄になれる力を。

弱虫で泣き虫な自分を変えられる、強い力を。

「お願いします、神様……」

瞬間、祭壇から眩《まばゆ》い光が放たれた。

先ほどのルビィの儀式に負けず劣らずの強い光。

必然、僕も、周囲の人たちの期待も膨らんでいく。

次第に光が収束し、祭壇には一本の剣が出現していた。

皆の高揚した視線がその剣に注がれる。

「こ、これって……」

僕は目を丸くする。

周りの人たちも唖然《あぜん》とした表情で祭壇を見つめている。
なぜなら祭壇の上には、まるで予想に反した物が載っかっていたからだ。
この事実をどう受け止めたらいいのだろう？
何かの間違いではないか？
それを確かめるために、僕は神器の柄を握った。
しかし、目に見えている事実に間違いはなかった。
皆に倣って、授かった神器の詳細を口にしようとしても、僕は何も言い出せない。
なぜなら、僕が手にした神器は……

名前：さびついた剣
ランク：F
レベル：1
神聖力：10
恩恵：力+0　耐久+0　敏捷《びんしょう》+0　魔力+0　生命力+0
魔法：
スキル：
耐久値：10／10

今にも朽ち果ててしまいそうな、ボロボロの錆《さ》び付《つ》いた剣だったからだ。

「…………ぷっ」

誰かが耐え切れないとばかりに笑い声を上げた。

「あはははっ！　なんだよそれ！　汚ねえボロボロの剣なんか出しやがって！　どう見たって最低のFランク神器じゃねえか！　あぁ腹いてえ！」

そんなヘリオ君の笑い声に釣られて、周りの人たちも小さな笑い声を漏らしていた。

あれだけたくさんの良質な神器が出続けていて、周囲の期待が高まっている中で、このボロボロの剣だ。

笑ってしまうのだって無理はない。

僕も当事者でなければ笑っていたかもしれない。

だが僕は紛れもなく当事者であり、もちろん笑い事で済ませることなんてできなかった。

僕は今一度授かった神器に目を落とす。

刃先から柄までばっちり錆び付いている。

とても魔族を斬ることなんてできなさそうな剣だ。

いや、剣と言うよりガラクタかな。

どこかのゴミ箱から拾ってきたと言われても信じてしまうほどだ。

当然ながらランクはF。神聖力も100～150が平均的と言われている中でたったの10。見るからに最弱の神器である。

おまけに魔法もなければスキルもない。

神器を装備している者に与えられる恩恵だってすべてゼロ。

こんな物を持っていたところで微塵《みじん》も強くなることはできない。

僕の祝福の儀は、完全に失敗してしまった。

「あ〜あ、存分に笑わせてもらったわ。最後にいいオチ作ってくれてありがとなラスト。さっ、帰ろうぜみんな！」

僕が最後ということもあり、ヘリオ君がそう言うや皆は教会から出ていった。

当然、僕に声を掛けて来る冒険者なんて一人もいない。

もう誰《だれ》も僕に興味なんて持っていなかった。

「……っ！」

僕は汚い神器を握りしめて、思わずその場から逃げ出した。

「あっ、ラスト！」

ちょうどその時、教会に戻って来たルビィとすれ違った。

けれど僕は足を止めず、ルビィから遠ざかっていく。

悔しさを紛らわすために走り続けた。

「くそっ、くそっ、くそっ……！」

冒険者になりたかった。英雄になりたかった。

けれどそれは叶《かな》わなくなってしまった。

右手に握られている剣が、何よりもその事実を物語っている。

Ｆランクの神器を授かって冒険者になった人なんて聞いたことがない。

Ｅランクの神器ですら魔物と戦うのは難しいとされているのに、こんな剣で英雄になろうだなんて……夢のまた夢だ。

僕は一生、守られる側の人間として決定づけられてしまった。

「はぁ……はぁ……はぁ……！」

息を切らしながら村を走っていると、やがてレッド村の出口の方までやって来た。

その時、走り過ぎたせいか地面に躓《つまず》き、情けなく転んでしまう。

「あっ！」

そして転んだ勢いで、右手に持っていた【さびついた剣】が前の方へ飛んで行ってしまった。

急いで立ち上がって拾いに行こうとすると、剣が落ちている傍らに誰かがいることに気が付く。

顔を上げるとそこには……

「……勇者、様？」

腰まで伸びる輝くような白髪。透き通った真っ白な肌。整った顔立ち。

勇者パーティがいた。

彼女は村の出口に繋《つな》いでいたと思しき馬を侍らせて、出発し掛けている。

おそらく有望な人材――ルビィを見つけることができたので、これから大きな町まで帰るのだろう。

そんな勇者様と視線が合うと、彼女は足元に転がっている【さびついた剣】に目を落とした。

すると無表情でそれを拾い上げて、何も言わずに僕に返してくれる。

「……あ、ありがとうございます」

お礼を言うけれど、特に勇者様は反応を示さない。

その後、気まずい沈黙が僅《わず》かに生まれる。

僕から何かを言うべきかと思った。例えば『ルビィのことをお願いします』とか。

ルビィがこの人からの勧誘を受け入れた場合、これからたくさんこの人にお世話になることだろう。

だから幼馴染の身として、何かを言うべきかと。

「ルビィ・ブラッドの旧友、だな」

「えっ？」

と思っていると、驚くことに向こうから声を掛けてくれた。

どうしてそのことを？

「ルビィ・ブラッドに勧誘の話をした時、共に冒険者になることを誓い合った仲だと聞いた。もしよかったらラスト・ストーンも一緒にパーティーに入れてくれないかともな」

「……ルビィ」

勇者パーティにそんなことをお願いしていたのか。

確かに一緒に冒険者になる約束はしたけれど、そこまで気を遣ってくれなくていいのに。

それに僕は結局、Ｆランクの最弱の神器を授かってしまったし。

改めて肩を落としていると、目の前のパールティが追い討ちを掛けてくるように続けた。

「儀式の結果次第では考えてやってもよかったが、どうやら貴様にはその素質がなかったみたいだな」

「えっ……」

「貴様は冒険者にはなれない。無理をして戦えば確実に魔人や魔物の餌食になる」

勇者は僕の右手の錆びた剣を見据えながら、ずばりとそう言った。

世界的な英雄からそう言われてしまい、僕はガツンと頭を殴られたような衝撃を味わう。

冒険者にはなれない。無理をすれば魔人や魔物の餌食になる。

「旧友の関係上、おそらくルビィ・ブラッドは貴様に励ましの声を掛けるだろう。だが、変に期待を持たせる方が私は残酷だと考えている。ゆえにルビィ・ブラッドに代わって貴様に言っておく。潔く諦《あきら》めるのが身のためだ。道など他にいくらでもあるのだからな」

「……」

確かにこの人の言う通りだ。

僕は冒険者にはなれない。他の道を探すのが賢明だ。

無理をして戦えば犬死にするだけなのだから。

それにルビィが僕を励ましてくれるって予想も、概《おおむ》ね正しい。

そのルビィに代わって、この人は……勇者パールティは冷酷にも僕に断言したのだ。

冒険者になることはできない、と。

勇者パールティはその後、馬を走らせて村を後にした。

残された僕は力なくその場に佇《たたず》み続ける。

するとやがてどこからか、耳に馴染《なじ》んだ声が聞こえてきた。

「あっ、ラストー！」

ルビィの声だ。

ちらりとそちらに目を移すと、真紅の長髪を揺らしながら走ってくる少女が見えた。

「もう、どこ行ったのかと思って心配しちゃったじゃん。こんなところで何してるの？」

「い、いや……」

僕は何も言わない。

ここで勇者パールティに会ったことも。

そしてここで言われたことも。

口を閉ざして黙り込んでいると、やがてルビィが気まずそうに聞いてきた。

「そ、それよりもさ、授かった神器はどんな感じだったの？　私、ラストの儀式見てなかったんだけど……」

「どんな感じって……」

見てわかる通りである。

僕は右手のボロボロの剣を掲げ、覇気のない声で返した。

「Fランクの神器だよ。スキルも魔法も恩恵も何もない、ただの【さびついた剣】」

「そ、そう……」

気まずい雰囲気になる。

こんな空気になるのは当然だ。

ルビィはAランクの神器で、僕はFランクの神器。

最強と最弱。

ルビィは最強の冒険者から勧誘されて、僕は誰《だれ》の目にも留まらなかった。

一緒に冒険者になると約束した手前、この状況は実に情けない。

何も言葉が出ずに黙り込んでいると、ルビィが聞き捨てならない台詞《せりふ》を口にした。

「ぎ、儀式の結果は残念だったけど、でもそれで冒険者になれなくなっちゃったわけじゃないじゃん！　頑張ればきっと冒険者になれるよ！　ラストは我慢強い男の子だし、それになんだったら、私だって〝手助け〟するからさ！」

「……っ！」

手助け？

僕が冒険者になるために、手を貸してくれるっていうのか？

それはつまり、僕が冒険者になれるくらい強くなるまで、僕のために時間を使ってくれるということ。

じゃあ、あの勇者からの勧誘はどうするつもりなんだ？

決まっている。優しくて面倒見のいいルビィなら、僕のために勧誘を断る。

せっかく最有力のパーティーから勧誘をされたのに、僕なんかのせいでルビィを縛り付けることになってしまう。

そんなのは絶対にダメだ。そんなの……僕が絶対に許さない。

「先に行って、待っててよ」

「えっ？」

「僕はどこのパーティーからも勧誘されなかったけどさ、きっと強くなって、自力で冒険者試験に合格してみせる。いつか勇者パーティーにも負けないくらいの仲間を集めて、ルビィにも追いついてみせるから。だからルビィは、先に行って待っててよ」

「……ラスト」

言葉だけでは足りないとも思ったので、僕は目でも訴えた。

気を遣わないでほしい。先に行ってほしい。僕は一人でも大丈夫だから。

何より、僕はこれで諦めたわけではない。

ヘリオ君に笑われ、英雄には夢を否定され、ルビィには気を遣われた。

その上最弱の神器を授かってしまったけれど、僕はまだ夢を捨てたりしていない。

むしろ、俄然《がぜん》燃えてきた。

たとえどれだけ時間が掛かっても、冒険者に……英雄になってみせる。

潤んだ瞳《ひとみ》でルビィのことを見つめていると、やがて彼女は弟を慰める姉のように、僕の頭に腕を回して、胸元に優しく抱き寄せてくれた。

そして櫛《くし》を入れるかのように頭を撫《な》でながら、温かい声音で囁《ささや》いた。

「……ラストがそう言うなら、うん、先に行って待ってるよ。でも絶対、ラストも頑張って冒険者になってね。私に追いついてね。これが、次の『約束』」

「うん、約束ね」

一緒に冒険者になるという約束は果たせなかったけど。

でも僕たちは、また次の約束を結んだ。

僕はきっと、ルビィに追いついてみせる。

憧《あこが》れている英雄みたいに、強くなってみせる。

この一週間後、再び村にやって来た勇者に連れられて、ルビィはレッド村を旅立った。


――――


村を旅立つ日。

ルビィは旅に出るための身支度を整えていた。

身の回りの必需品をまとめて荷物を作り、部屋を綺麗《きれい》に片付けておく。

普段あまり整理整頓《せいとん》や掃除をしていないせいで、予想以上に時間が掛かってしまった。

けれど、すでに父と母の許しも得たし、村にいる親しい人たちとの別れも済ませた。

あとは覚悟を持って村を出るだけ。

まあ、たった一人だけ別れを告げることができていないのが唯一の心残りだけど。

（まったく薄情な奴《やつ》だなぁ）

ルビィは部屋の窓から見える幼馴染《おさななじみ》の家を眺めて、小さく頬《ほお》を膨らませた。

祝福の儀の翌日から、ラストと顔を合わせていない。

いつもみたいに部屋に突撃してやろうかとも思ったけど、それもなんだか憚《はばか》られてしまった。

今の状況で自分から会いに行くのは悪手だから、ラストの方から来るのを待ってみたんだけど。

（ま、しょうがないか）

ラストの気持ちもよくわかる。

今は会いたくないだろう。さすがに気まずい空気になる。

夢に見ていた冒険者になれず、かたや自分は勇者からお誘いを受けたのだから。

もしこれが逆の立場だったらと考えたら、自分なら絶対にラストには会いたくないな。

だって、確実に相手が気を遣ってくるだろうから。

悔しさでどうにかなりそうな時に、そのうえ余計に気遣われでもしたら、心がおかしくなりそうだ。

一言くらいは挨拶《あいさつ》をしておきたいけれど、まあ仕方ない。

諦めをつけたルビィは、窓の外に見える幼馴染の家から目を逸《そ》らし、カーテンを閉めた。

最後に祝福の儀で授かった【炎龍の大剣】を担ぐと、十二年間お世話になった部屋を後にしようとする。

と、その時……

「いてっ」

大剣の端が棚にぶつかり、揺れた拍子で何かが落ちた。

神器が大きいせいでこういうことが多々ある。

もっと小さくて可愛《かわい》い神器がよかったなぁ、なんて贅沢《ぜいたく》な悩みを抱きながら、ルビィは落ちた物を拾い上げた。

「あっ……」

それは、ラストからもらった冒険譚だった。

冒険者として活躍した、『英雄クリスタル』の軌跡が書かれている書物。

ラストが大事にしている、宝物と呼んでいた冒険譚と同じものだ。

ふと、幼い頃《ころ》の会話が脳裏に蘇《よみがえ》る。

『ラストってずっと同じ冒険譚ばっか読んでるよね？　他にも何冊か持ってるのに。それって面白いの？』

『すっごく面白いよ！　あっ、よかったら一冊あげよっか？　僕二冊持ってるから』

『なんで同じの二冊も持ってるの？』

『いや、その……ヘリオ君たちに取られちゃった時のために』

『……』

いや、そのために二冊も買うくらいなら、あいつらに取られない努力をしなさいよ。

確かそんなことを思ったかな。

ともあれその後、どんな内容なのか気になったのでその冒険譚をもらったのだ。

本を読むのは苦手だったけれど、時間を掛けることでなんとか読み終えることができた。

英雄クリスタル。

ラストと境遇が似ている主人公だ。

辺境の田舎村《いなか》でいじめられている少年が、強い神器を手に入れて旅に出る物語。

臆病《おくびょう》で泣き虫な主人公だけど、強力な神器を授かったために魔族と戦う使命を背負うことになる。

そして弱さを克服して勇敢に魔族に立ち向かい、次第に周りに認められるようになって、最後には英雄として称《たた》えられる。

どうもラストはこの英雄クリスタルに憧れているらしい。

実際に口には出さなかったけれど、冒険譚を読んでいる時の目を見てわかった。

子供っぽくて可愛いと思った。なんて言う自分も、ある冒険者に憧れているんだけど。

自分の場合は、冒険者だった祖母に憧れた。

五年前に病気で亡くなってしまった、心優しい祖母。

現役時代はかなり有名な冒険者だったらしく、階級も最上位だったらしい。

喧嘩《けんか》の仕方もその祖母に教わって、何より温かい優しさに心を惹《ひ》かれた。

将来は祖母のように困っている人たちを助けたい。強くて優しい冒険者になりたいと思った。

だから、ラストも同じように冒険者に憧れていると知って、とても嬉《うれ》しく思った。

一緒に夢を叶《かな》えることができたら、どれだけ素敵なことだろうかと。

でも結局、それは実現できなかった。

一緒に冒険者になることはできなかったのだ。

それでも……

（ラスト、先に行って待ってるからね。必ず私に追いついてね）

きっとあの幼馴染の少年なら、いつか必ず冒険者になる。

そしてたくさんの人たちに認められるような、かっこいい英雄になると信じている。

そうと断言できる確証を、自分は持っている。

ラストは自分のことを臆病で意気地無しだと思っているみたいだが、実際はそんなことはない。

五年前、祖母が病気でこの世を去る前、床で苦しんでいる祖母を助けようと森まで薬草を取りに行ったことがある。

万病に効くとされる薬草があると噂《うわさ》をされていたが、当然そんなものがあるわけもなく、子供ながらにそれは充分に理解していた。

それでも半ば自棄《やけ》になって薬草を取りに行くと、案の定森の中で魔物に襲われてしまった。

年上の男子たちならいざ知らず、魔物にはとてもじゃないが敵わないと思って腰が抜けてしまった。

どうすることもできずに固まっていると、一人の少年が木の棒を振り回しながら駆けつけて来てくれた。

それはラストだった。

一人で森に向かった自分を心配して、わざわざ探しに来てくれたらしい。

いつもは気弱で大人《おとな》しいあのラストが、誠に信じがたいことに恐ろしい魔物に立ち向かっていった。

手と脚が震えていた。涙を滲《にじ》ませていた。腰が引けていた。

しかし木の棒で僅《わず》かに牽制《けんせい》した直後、自分の手を引いてそこから逃がしてくれた。

不覚にもその時、ラストのことをかっこいいと思ってしまった。

自分のことになるととことんダメになってしまうのに、人のためにはどこまでも一生懸命になれる子なんだ。

その時に自分は直感した。

彼こそ冒険者になるべき存在であり、計り知れない才能を宿していると。

そんな男の子が、このままただで終わるわけがない。自分はそう確信している。

ルビィは幼馴染に一度の別れを告げ、英雄への一歩を踏み出したのだった。


――――


ルビィが村を旅立ってから、今日で三日が過ぎた。

それだけでずいぶん、僕の周りが静かになったように思う。

いつも厄介だと思っていた押しかけがないだけで、朝の目覚めがこんなにも物悲しいなんて。

それにルビィだけではなく、他の同い年の人たちも冒険者に勧誘され、早々に村を旅立ってしまった。

そのせいだろうか。今では村全体が、なんだか静まり返っているみたいに感じる。

「あっ、ラストおはよう」

「おはよう母さん」

起きて一階に下りると、母さんが家の掃除をしていた。

僕は極力、掃除の邪魔にならないように台所へ向かう。

そしてグラスに水を入れてテーブルにつくと、寝起きの頭をすっきりさせるために水を飲んだ。

その後、水をチビチビと飲みながら、掃除する母さんをぼんやりと眺める。

そういえば母さんは、僕の祝福の儀の結果をどう思っているのだろう？

Fランクの神器を授かったと教えた時は、「そっか」と言っただけだった。

その後もそれ以上は何も言葉にしていない。

もしかしたら、僕が心底落ち込んでいることを顔と声音だけで察してくれたのだろうか？

なるべく気持ちを隠していたつもりだったんだけど、母さんには気付かれてしまったみたいだ。

「そういえばラスト、最近ずっと部屋に籠《こも》りっぱなしだけど大丈夫？」

「えっ？　う、うん、大丈夫だよ」

突然の問いに、思わず狼狽《うろた》えてしまう。

そういえば祝福の儀を受けた日からずっと、ほとんど部屋で過ごしていたっけ？

なんだか色々ありすぎて力が抜けてしまったのだ。

という言い訳をするより先に、母さんがとんでもない勘違いを口にした。

「やっぱり、ルビィちゃんいなくなっちゃって寂しい？」

「ルビィ？　それはまあ、物心ついた頃《ころ》からずっと一緒にいたから、少しはね。でも別にそのせいで部屋に籠ってたわけじゃ……」

「大好きなルビィちゃんがいなくなっちゃって寂しいのはわかるけど、もう少しお日様浴びた方がいいわよ」

「だ、大好きじゃないし！」

僕は慌てて否定する。

確かにルビィがいなくなったのは寂しいけど、別にそれが理由で引き籠っていたわけじゃない。

しばらく一人で考えていたんだ。

僕がこの先、冒険者になるためにするべきことを。

ただでさえFランクの最下位神器を出してしまって、冒険者になるのはとても困難になったのだ。

どうすればいいか真剣に考えないと。

それに……

「そういえば母さん」

「んっ？　なに？」

「僕、そろそろ村で仕事しようかなって思ってるんだけど、何か良い仕事とか知らないかな？」

祝福の儀を受けた人は、その後は成人として扱われる。

つまり、何か仕事をしなくてはならないのだ。

その仕事をどうするかも考えていた。

ただでさえうちは、僕が物心つく前に父さんが病気で死んでしまっている。

町に出稼ぎに行っていた父さんがいなくなり、今は母さん一人で僕のことを育ててくれているのだ。

「やっぱり母さんと同じように、ブラッドさん家の畑を手伝った方がいいかな？　昔からよく手伝いとかしてたし」

ルビィの家はそれなりに大きな農家だ。

村に麦畑を持っていて、家族や村人たちと一緒に世話をしている。

母さんも今はそこで仕事をさせてもらっていて、僕とルビィも遊びの合間などによく手伝いをしたものだ。

仕事をするならそこだと思う。

まあ、仕事と両立して冒険者を目指すのはかなりの苦労を強いられると思うが、僕は絶対に諦《あきら》めたりはしない。

なんて決意を人知れずしていると、母さんが思い掛けない返答をしてきた。

「あぁ、いいわよそんなこと」

「えっ？」

「だってラストはさ、冒険者になりたいんでしょ？」

「あっ、うん。そうだけど……」

「ならそのために、色々とやることがあるんじゃないの？　仕事してる暇なんてないんじゃない？」

「……」

さも当たり前のようにそう言われ、僕は口を開けて呆《ほう》けてしまう。

僕がやらなきゃいけないこと。それは『修行』だ。

授かった神器は魔族と戦うことで成長させることができる。

一説によると、魔族と戦うことで神様から祝福され、神器を強くしてもらえるのだという。

より具体的には『祝福《チャリティ》』という、神器を成長させる糧を与えてくれて、神器に様々な変化をもたらしてくれるらしい。

その説が事実かどうかはわからないが、実際に冒険者たちは魔族との戦闘を経て神器を強化している。

ただでさえ最低ランクの神器を授かってしまった僕だから、誰《だれ》よりも多くの戦闘を経験し、強くならなくてはならない。

それこそ仕事をする間も惜しんで修行しなければ、冒険者になるという夢は叶わないだろう。

母さんは、仕事よりも修行を優先することを許してくれるのか？

僕にチャンスをくれるのか？

思い悩む僕の背中を、母さんは最後に一押ししてくれた。

「お弁当、作っておいたから、それ持って頑張って来なさい」

「……母さん」

瞳《ひとみ》の奥がジンと熱くなった。

誰も応援なんてしてくれないと思っていたし、可能性もほとんどないと考えていた。

Ｆランク神器で冒険者になろうだなんて、夢のまた夢だと。

でも、母さんのおかげで、僕の心は救われた。

僕はさっそく布袋に弁当を入れ、【さびついた剣】を腰のベルトに刺して靴を履いた。

そしてさっそく出発しようとすると、不意に母さんが呼び止めてくる。

「でも、危ないと思ったらすぐに帰ってくるのよ。勝てない喧嘩には挑んじゃダメ。あと、お弁当は綺麗《きれい》に食べること」

「うん、ありがとう母さん！　それじゃあ行ってきます！」

「うん、行ってらっしゃい！」

僕は家を飛び出す。

こんな僕にも、期待してくれる人がいる。

背中を押してくれた母さん。先に行って待ってると言ってくれたルビィ。

祝福の儀には恵まれなかったけど、僕は人との出会いに恵まれている。

それを嬉しく思いながら頬《ほお》を緩ませ、僕は走り続ける。

やがて村を出ると、近くにある森まで辿《たど》り着《つ》いた。

「紅森林《べにしんりん》……」

今はただの緑の森だけど、ある時期を迎えると、木々に色濃い紅葉が茂る森。

名前を『紅森林』という。

この森の奥底には魔物が出るらしく、危ないから近づかないようにと小さい頃から言われている。

その魔物の名前は『トレント』。

枯れた木のような形をした魔物で、人を見たらすぐに襲い掛かってくるそうだ。

両腕のように伸びる木のツルで人を絡め取り、生命力を吸い取ってくるらしい。

どうやら人の生命力が大好物で、一番の栄養になるみたいだ。

そして栄養をたっぷりと蓄えると、頭から葉を茂らせて『フォレストトレント』という凶悪な魔物に変異する。

と聞くと恐ろしい魔物のように思えるが、実はトレントの状態ならば戦闘能力は大したことない。

特殊な攻撃をしてくるわけでもなく、両腕のように伸びる木のツルで攻撃してくるだけなので、弱い部類の魔物としても知られている。

だからフォレストトレントに変異する前に発見し、討伐するのが望ましいとされている魔物なのだ。

僕が修行をするなら最適の相手ではないだろうか。

確か村の衛士さんが定期的にトレント狩りをしているらしいけど、その邪魔にならない範囲で修行をさせてもらおう。
というわけで僕は森の奥地へと進んでいった。
「あっ、いた」
すると、さっそくトレントを発見した。
太い根っこを脚のようにうようよと動かし、森の中を徘徊《はいかい》している。
都合のいいことに一体だけのようだ。
改めて魔物の姿を目にして、じわりと冷や汗が滲んでくる。
しかし臆《おく》している場合ではない。
僕は腰に吊《つ》るした【さびついた剣】を右手でしっかりと握り、おもむろに引き抜いた。
そして今一度、神器の性能《プロパティ》を確認しておく。

名前：さびついた剣
ランク：F
レベル：1
神聖力：10
恩恵：力+0　耐久+0　敏捷《びんしょう》+0　魔力+0　生命力+0
魔法：
スキル：
耐久値：10／10

魔法もスキルも恩恵もない、ただの【さびついた剣】。

なんとも頼りない性能《プロパティ》だけれど、とりあえずは大丈夫。

少なくとも、『神聖力』は10だけあるのだから。

魔族は『魔装』と呼ばれる硬質の皮膚を持っている。

普通の武器——〝草刈り用の鎌〟や〝薪割り用の斧《おの》〟では傷一つ付けることができないが、神聖力が宿っている神器なら魔装を貫くことができるのだ。

つまり、この【さびついた剣】でも事実上は魔物を倒すことが可能ということである。

「だから、大丈夫……」

自分にそう言い聞かせ、【さびついた剣】の柄をぎゅっと握り直す。

するとちょうどそのタイミングでトレントがこちらに気付き、脚の根を動かして近づいてきた。

「ギギギッ！」

「き、来たっ！」

トレントは両腕の木のツルを鞭《むち》のように振ってきた。

咄嗟《とっさ》に身を屈《かが》めてやり過ごす。

すると目の前に、トレントの無防備な体が見える。

僕はがむしゃらに剣を振ってみた。

「はあっ！」

右手に握った【さびついた剣】で、トレントの体を斬りつける。

いや、斬ると言うより叩《たた》くと言った方が正しいか。

『ドンッ！』と、とても斬ったとは思えないような音が鳴り、トレントは軽く後ろへ仰《の》け反《ぞ》った。

「ギ……ギギッ……！」

……効いてる。

神聖力のある【さびついた剣】で叩いたことで、微《かす》かにだが傷が付いている。

これならなんとか勝てそうだ。

勝ちへの希望を見出《みいだ》し、密《ひそ》かに喜びを覚えていると、再びトレントが木のツルを振ってきた。

攻撃されたことで怒りが沸いたのだろうか。

先ほどよりも素早い一撃だ。

しかも屈んで避けられないよう、今度は若干下の方を狙《ねら》ってきた。

「ぐっ――！」

ツルが鞭のようにしなったため、剣で防ぐこともできなかった。

あっけなく僕は、木のツルで腹部を打たれてしまう。

足の踏ん張りも効かなかったため、後ろの大木まで吹き飛ばされてしまった。

「ぐあっ！」

背中から激突し、思わず喘《あえ》いでしまう。

そのままずるずると地面に腰が落ちて、痛みのせいですぐに立ち上がることができなかった。

すごく痛い。本当に痛い。痛くないところがないくらい痛い。

危うく、一撃で気を失うところだった。

これが戦うということ。初めて味わう、死と隣り合わせの緊張感。

弱い部類と言われていても、さすがは魔物だ。

それに僕には何の『恩恵』も掛かっていないので、今の身体能力は純粋に、十二歳の貧弱な少年のそれと変わらない。

神器には『恩恵』と呼ばれる特別な力が宿っている。

装備している者の筋力や耐久力などを高めてくれて、凄腕《すごうで》の冒険者たちはそのおかげで超人的な動きを実現できている。

魔法やスキルなんかよりもよっぽど重要な力と言えるだろう。

レベル10～20のDランク神器で、平均数値は100くらいだと聞く。

それだけでも充分人並外れた身体能力を得ることができ、数値が300を超えると人智を超越した力を得るとされている。

それが【さびついた剣】にはまったく宿っていない。恩恵はすべて0だ。

ちなみにこれは神聖力にも同じことが言える。

平均はおよそ100。そして300を超えている場合は大抵の魔族を倒すことができ、500を超えていたら伝説級の神器として歴史に名が残るとされている。

参考までに、かつて中堅の冒険者として活躍していた、レッド村の衛士さんの神器がこれだ。

名前：重骨の手斧《ちょうな》
ランク：C
レベル：20
神聖力：180
恩恵：力＋170　耐久＋120　敏捷＋80　魔力＋0　生命力＋150
魔法：
スキル：【筋力強化】
耐久値：200／200

前に興味半分で神器の性能《プロパティ》を聞いたことがあり、快く教えてもらえた。

これほどの性能《プロパティ》があれば、冒険者として大きく活躍することができるらしい。

話によれば、先代の勇者の神器は神聖力が600を超えていたらしく、現在確認されている中で最大神聖力の神器だと言われている。

名前を、【天上の聖剣】と言う。

ともあれ、僕の神器がどれほど弱いか改めて理解ができた。

恩恵がないだけでここまで戦うのが大変だとは……

「でも、やるしかない……！」

僕は立ち上がり、【さびついた剣】をぎゅっと握り直す。

対してトレントは僕の体を絡め取るべくツルを伸ばしてきた。

僕は咄嗟に大木の裏に回る。

すると奴《やつ》のツルは大木の枝に引っ掛かり、上手《うま》い具合に絡まってくれた。

「ギ……ギギッ!?」

「よしっ！」

偶然に助けられた。

その隙に僕はトレントに肉薄する。

脇《わき》をすり抜けて後方へ回ると、無防備な背中に【さびついた剣】を叩きつけた。

「はあっ！」

一撃、二撃、三撃！

がむしゃらに斬り続けた。

「うらぁぁぁぁぁ！！！」

力の限り、【さびついた剣】を動けないトレントの背中に振るう。

そろそろ手が痺《しび》れてきたぞ、というところで、ようやくトレントに変化が見えた。

「ギギッ……！」

まるで力が抜けたように、トレントの樹木の体が萎《しお》れていく。

そのまま弱々しく地面に倒れて、やがてシンと静かになった。

不思議に思って見つめていると、突然トレントの体が淡く光り始めた。

瞬間、全身が細かな光の粒となって消滅する。

後に残されたのは、黒い光を宿した深緑色の結晶だけだった。

今のが魔物が消滅する現象。

生命力が尽きた魔族は、光となって消えてしまうと聞いたことがある。

そして命の名残《なごり》と言われている魔石を現世に残すらしい。

ということは……

「勝て……た？」

僕は勝てたんだ。人を襲う魔物に。最弱の【さびついた剣】で。

思い出したように息を切らし、魔石を拾い上げると、遅まきながら勝利の実感が胸中に湧《わ》いてきた。

初めて手にした魔石は、勝利の証明だからだろうか熱を帯びているように感じた。

材質はただの石と変わりないらしいが、結晶の中には不気味な黒い光が宿されている。

一説によるとこの光は、邪神の力が滲《にじ》んだものではないかと言われている。

僕ら人間に神器を授けてくださる神様とは別の、悪い心を持った神様――『邪神』。

神へパイストス様の対となる存在、『邪神キュクロプス』。

魔人や魔物はその邪神キュクロプスの力――『邪気』が漂っている危険域《エリア》の中で突然生まれるらしい。

人間を恨む魂――生前に人間に苦しめられた者の魂を邪神が掬《すく》い取り、魔族に形を変えて現世に召喚しているとかなんとか。

その時の記憶が微《かす》かに残されているため、魔人や魔物は人間を忌み嫌って、執拗《しつよう》に襲い掛かってくるそうだ。

何はともあれ、僕は勝てたという安心感から、倒れ込むようにして地べたに座り込んだ。

「ふぅ、疲れたぁぁぁ」

腰に巻いた布袋から小さな水筒を取り出し、軽く水を飲んで一息つく。

やっぱり結構しんどいな。

神聖力があるならそれなりに戦えると思ってたけど、トレント一体にこんなに苦戦しているようじゃダメダメだ。

厳しいと言われている冒険者試験に合格することはできない。

やっぱり地道に魔物を倒して、【さびついた剣】を少しずつ強くしていくしかないかな。

そういえば、神器のレベルは上がっただろうか？

と思い、僕は【さびついた剣】の性能《プロパティ》を見てみた。

名前：さびついた剣
ランク：F
レベル：1
神聖力：10

恩恵：力＋０　耐久＋０　敏捷＋０　魔力＋０　生命力＋０
魔法：
スキル：
耐久値：６／10

「げっ！　もう耐久値がこんなに減ってる！」

思わず僕は声を上げてしまう。

レベルが上がっていないことは薄々わかっていたが、まさか耐久値がすでに半分近くも減少しているとは思わなかった。

これではあと一回戦うのが限界だろう。

次のトレントを倒したら教会に行って、耐久値を回復させた方が良さそうだな。

教会では神器の耐久値を回復させることができる。

また、耐久値が全損して折れてしまった神器を修復することもできる。

祭壇に神器、または神器の一部を置いて祈りを捧《ささ》げることで、神様が元通りにしてくれるそうだ。

神器が折れてしまったら、修復するまで神器の効果がすべて無効化されてしまうので、壊れる前に直した方がいい。

神聖力、恩恵、魔法、スキルがすべて機能しなくなるので、魔族と戦えなくなってしまうのだ。

この調子では、おそらくこれからたくさん教会にお世話になることだろう。

それに効率も悪いし、やっぱりこの【さびついた剣】で戦うのは相当無茶だな。

「でも、戦えないわけじゃない」

強くなる方法は確かにある。

母さんだって背中を押してくれているし、時間を掛けてゆっくりとでも強くなっていこう。

それに、何事も『試し』だ。

僕は右手に握った【さびついた剣】を見つめ、決意を新たにした。

それからというもの……

僕は森の奥でトレントを狩る日々を送り続けた。

雨の日も風の日も、お母さんのお弁当と【さびついた剣】を持って紅森林《べにしんりん》へ行く。

たまに返り討ちにあって泣いて帰る日もあったし、耐久値が全損して神器を折られることもあった。

それでも僕は修行を続けた。

憧《あこが》れの冒険者になるために。母さんの期待に応《こた》えるために。ルビィに追いつくために。

そんな日々を繰り返して、気が付けば三年もの月日が経過していた。

いまだに僕は、トレント一体を狩るのに四苦八苦していて、実力は三年前と何も変わっていない。

2

「今日はこのくらいにしておこうかな」
本日十体目のトレントを倒し、僕は【さびついた剣】を腰のベルトに収める。
そして村に戻るために、森の出口に向かって歩き始めた。
朝から夕暮れまで紅森林を徘徊《はいかい》し、トレントを見つけては狩りをする。
祝福《しゅくふく》の儀を受けてから、かれこれ三年。
僕はずっとこんな日々を送り続けている。
そして今でも実力は、三年前とほとんど変わっていない。
僕自身の技量もそうだが、何より神器にこれといった変化が何も起きていないのだ。

名前：さびついた剣
ランク：F
レベル：10
神聖力：15
恩恵：力＋0　耐久＋0　敏捷《びんしょう》＋0　魔力＋0　生命力＋0

魔法：
スキル：
耐久値：10／15

これが今の【さびついた剣】の性能《プロパティ》。

儀式を受けて授かった頃《ころ》から、レベルは10まで上がった。

それに伴って神聖力も僅《わず》かに上昇したが、依然として魔法やスキルは目覚めていない。

恩恵もすべて0のままだ。

ほんの少しだけトレントを倒しやすくなったかな？　と思えるくらいの微細な変化。

それが僕の、この三年間での成果である。

「……はぁ」

必然、ため息も多くなってしまう。

修行を始めた頃は、『何事も試しだ』と思って前向きに取り組むことができた。

でも最近は正直、弱気になることが多い。

こんなことを続けていて、本当に意味なんてあるのだろうか。

あの勇者の言葉を借りるわけではないが、やっぱり僕には素質がないんじゃないか。

なんて風に思ってしまい、前ほど躍起になって修行には励んでいない。

神器のレベルも10まで上げることはできたが、それはもう一年も前の話で、ここしばらくはまったくレベルが上がっていない。

まるでこれが限界なのだと、【さびついた剣】に言われているみたいに。

「……いや」

限界だと勝手に決めつけているのは、たぶん僕の方だ。

神器は魔物と〝戦う〟ことで成長させることができる。

そして成長の度合いはその戦果に応じて上下し、死線に近づくほど神様から祝福《チャリティ》をもらえるそうだ。

場合によっては魔法やスキルも覚醒《かくせい》するらしい。

逆に安全な戦いばかりをしていたら、ほとんど祝福《チャリティ》はもらえない。

おそらく僕の【さびついた剣】が成長しなくなったのはそのためだ。

だからもっと凶悪な魔物と戦わなければ、【さびついた剣】を成長させることは決してできないのである。

でも、トレントより強い魔物に勝てる自信なんてない。

これ以上痛い思いをするのは怖いし、死ぬのはもっと嫌だ。

そんな臆病《おくびょう》な気持ちが邪魔をして、これ以上先に進むことができずにいる。

それに加えて『ある噂《うわさ》』が、僕の心にますます歯止めを掛けていた。

「勇者の右腕、ルビィ・ブラッド……」

レッド村を旅立って三年、ルビィは現在勇者のパーティーで頭角をあらわしている。

他の有力なメンバーに負けず劣らずの活躍を見せ、三年で冒険者階級を『白級《プラチナ》』まで上げたと聞く。

冒険者には階級制度があり、下から『銅級《ブロンズ》』『銀級《シルバー》』『金級《ゴールド》』『白級《プラチナ》』『黒級《マスター》』と五つの階級が存在する。

白級《プラチナ》は上から二番目。すでに冒険者としては一級だという何よりの証明だ。

加えてルビィはまだ十五歳で、史上最年少で白級《プラチナ》冒険者になった少女として広く知れ渡っている。

ちなみに過去の最年少記録は二十二歳。ルビィはそれを大きく塗り替えた。

通常ならば冒険者階級を上げるためには、数多くの依頼を達成し、難題と噂の昇級試験に合格しなければならない。

しかしルビィは『特別昇級』という形で階級を上げた。

極悪な背教者《レネゲイド》の集団をたった一人で制圧したり、白級《プラチナ》相当の魔物の群勢の殲滅《せんめつ》作戦時には一番多くの魔物を倒したとか。

その他数々の大きな功績を称《たた》えられて、ルビィは特別に昇級したという。すでに黒級《マスター》の階級にも手が掛かっているという噂だ。

何もかもが異例であり前代未聞の少女剣士。

近頃は『剣聖』や『炎の剣豪』なんて呼ばれ方もされており、すっかり勇者の右腕として世間に定着した。

きっと凄腕《すごうで》の女性冒険者として歴史に名前を残すことになるだろう。次世代の勇者候補筆頭とまで言われているくらいだから。

「もう、ずいぶん遠いところまで行っちゃったな」

思わず僕は青い空を見上げ、幼馴染《おさななじみ》に思いを馳《は》せる。

一緒に冒険者になろうと約束していたことなんて、今考えればまるで夢みたいな話だ。

そんな彼女に追いつくと約束したけれど、その差は見る見るうちに開いていってしまった。

僕なんかじゃ、もう……。

「おい、見ろよあいつ」

いつものように弱気になっていると、不意にどこからか男性の声がした。

ちらりとそちらに目をやってみると、そこには斧《おの》を担いでいる二人の青年がいた。

確かこの森で樵《きこり》をしている兄弟……だったかな？

二人の持っている斧は祝福の儀で授かった神器で、それを活用して樵《きこり》の仕事をしていると聞いたことがある。

だから僕が森で修行をしている時、たまに顔を合わせる。

まあ、直接話したことはないけれど。

「まだあんなこと続けてたのかよ」

「もう無駄だってわかんねえのかな」

「……」

僕が彼らのことを知っているように、どうやら向こうも僕のことを知っているらしい。

三年前、たくさんの高ランク神器が輩出した『豊作世代』で、唯一Fランク神器を授かったこと。

そしてその【さびついた剣】で、いまだに冒険者を目指していることを。

端から見れば滑稽《こっけい》極まりないだろう。彼らの侮蔑《ぶべつ》も理解できる。

僕だって立場が逆だったら、無駄なことをしてるんじゃないかと思っていたに違いない。

正直、へとへとになってトレント十体を狩るよりも、麦畑の世話を一時間した方がよっぽど生産的だ。

「……っ！」

僕は人知れず拳《こぶし》を握り、悔しさから奥歯を噛《か》み締《し》める。

それから樵《きこり》兄弟から逃げ出すように、逆の方へ走り出した。

「くそっ、くそっ、くそっ……！」

無駄なことだってくらい、僕が誰《だれ》よりもわかっている。

そんなことわざわざ言われなくても、もう充分にわかっているんだ。

僕には才能がない。素質がない。実力がない。

お母さんに背中を押してもらって、なんとか頑張っているけれど、この努力が実るとは限らない。

むしろ可能性は皆無と言っていいだろう。

そう、僕は冒険者になることが……

『ラストも頑張って冒険者になってね。私に追いついてね』

ふと頭の奥底で、幼馴染の懐かしい声が響いた。

思わず僕は足を止める。

三年前にルビィと交わした約束の台詞《せりふ》。まるで弱った心を励ますように、唐突に脳裏に蘇《よみがえ》ってきた。

無駄なこと……かもしれない。

才能がないかもしれない。素質がないかもしれない。実力がないかもしれない。

こんな修行に意味なんてないかもしれない。

それでも、僕にだって、意地くらいはある。

悔しい。諦《あきら》めたくない。強くなりたい。

この場で逃げ出してしまったら、昔と何も変わらない弱虫で泣き虫のラスト・ストーンのままじゃないか。

ルビィとの約束が叶《かな》わないと、自ら認めてしまうのと同じじゃないか。

「……それだけは、嫌だ」

絶対に嫌だ。たとえどれだけ時間が掛かってもいい。僕はルビィに追いつきたい。追いつかなきゃいけないんだ。

弱った気持ちに熱が入り、心の底で闘志の火が静かに灯《とも》った。

「……もうちょっとだけ、やっていこう」

僕は再び森に目を向けて、腰に吊《つ》るした【さびついた剣】を引き抜いた。

そしてトレントを探すべく、森の奥へと走り出した。

薄暗くなった帰り道。

僕は今日の成果を振り返りながら帰路を急ぐ。

今日の成果としては、トレント計十三体。

日没まで粘った割に、討伐数はかなり少ない方だ。

樵《きこり》兄弟と会った後に倒せたのは結局三体だけだったし。

なんか今日はトレントが少ない気がしたな。

それに紅森林《べにしんりん》も心なしか静かだし、なんだかちょっと胸騒ぎがするな。

まあ気のせいかもしれないけど。

なんて思いながら僕は足早に森の出口に向かっていく。

あんまり遅いと母さんに叱《しか》られるし、なるべく急いで帰ろう。

と、そんな時――

「きゃぁぁぁぁぁ！！！」

「――っ⁉」

突然森の中に少女の叫び声が響き渡った。

女の子の声？　なんでこんな森の中で？　しかもこんな時間に？

聞こえた声の限りでは、かなり幼い印象を受ける。村に住む子供という可能性が一番だけど、紅森林は相変わらず魔物が出ると危険視されているので、近づかないようにと言い聞かされているはずだ。

まさか迷子《まいご》？　なんて思いながら僕は、反射的に声のした方に走り出していた。

事情はわからないが、ともかく緊急性を帯びた叫び声だったのは間違いない。

魔物に襲われているのだとしたら一大事なので、僕は助けに向かうべく森の木々を縫うように駆けていった。

程なくして拓けた広場が見えてくる。

薄暗くなりつつあるその場所を、僕は茂みの裏から静かに見据えた。

すると、そこには……

「えっ……」

地べたに座り込む小さな女の子と、その子を追い詰めるように立つ、もう一人の大柄な〝人〟がいた。

人、と言ってもただの人間ではない。

大まかな姿は人間そのものだが、所々に魔物のような特徴が見受けられる。

狼《おおかみ》のように逆立った黒毛。視線だけで畏怖《いふ》させるような鋭い目つき。凶悪な牙《きば》と爪。

狼人間、とでも表現すべき存在だ。

そして右手には、ギザギザとした漆黒の大剣が握られている。

間違いない、あれは……

「ま、魔人……！」

魔人。

魔物と違って知性を持っている上位魔族。

好戦的で狡猾《こうかつ》で人を殺すことを何よりの嗜好《しこう》としている存在だ。

噂《うわさ》によると魔人も十二年間生き延びることで、神様から『神器』を授けてもらえるらしい。

ただし僕たち人間を見守っている神へパイストス様ではなく、邪《よこしま》な心を抱いている邪神キュクロプスからだ。

おそらくあの黒い大剣がそうだろう。

魔人は邪神から祝福を受けて、あのような禍々《まがまが》しい『神器』を授けてもらい、それで人々を襲っていると聞く。

そんな魔人がどうしてこんな場所にいるのだろうか？

ここは辺境の田舎《いなか》村だ。そもそもこの場所に辿《たど》り着《つ》くこと自体が難しいはず。

だからレッド村での魔人の発見報告は、今日までほとんど上がっていないのだ。

まさか偶然？　まだ散策していないこの辺りを歩いていて、たまたまこの森に行き着いたってことか？

いや、今はそんなことを考えるよりも、襲われているあの子を助けないと……

ちょうどその時、僕の後方から誰かがやってきた。

「あ、あれ、もしかして魔人か？」

「じょ、冗談だろ？　なんでこんな田舎村の近くに……」

それは、昼頃に見たあの樵兄弟《きこり》だった。

彼らもこの時間まで森で仕事をしていたのだろう。

そして、少女の声を聞きつけてここにやってきたのだ。

しかし二人の青年は、女の子の前に立ちはだかる凶悪な魔人を見て、明らかに恐怖を覚えていた。

神器を持つ手は震え、恐怖心によって顔を歪《ゆが》ませている。

そのためか、青年たちは即座に踵《きびす》を返そうとした。

咄嗟《とっさ》に僕は青年の袖《そで》を掴《つか》み取る。

「ちょ、どこに行くんですか⁉」

「あっ⁉　決まってるだろ！　早くここから逃げるんだよ！　あの魔人が見えねえのか⁉」

確かに魔人は見えるけど。

「でも、あの子を助けないと……」

「んなこと言ってる場合かよ！　俺らが敵う相手じゃねえ！　村の衛士を呼ぶのが最優先だ！」

樵《きこり》兄弟の一人はそう叫ぶが、僕は納得できずに袖を掴み続ける。

そんな悠長なことをしていたら、あの子は確実に殺されてしまう。

それに二人の持っている斧は、魔族と戦うための神器じゃないのか。

僕の【さびついた剣】なんかより、ずっと神聖力が高いはず。

たとえ敵わなくても、あの魔人を足止めするくらいはできるはずじゃないか。

今すぐにあの魔人に立ち向かえば、あの子を助けてあげられるかもしれないのに。

「早く放せよ！」

「あっ！」

強引に振り解かれてしまった。

そして樵《きこり》兄弟は逃げ出すようにこの場からいなくなってしまう。

たった一人取り残された僕は、思わず放心状態になり、意味もなく周りを見渡した。

「だ、誰《だれ》か……」

誰かあの子を、助けてあげて。

魔人に襲われそうになっているあの女の子を、誰か助けてあげて。

早くしないとあの子が、あの魔人に殺されてしまう。

誰か……誰か……誰か……

「誰……か……」

誰か…………じゃないだろ！

僕しかいないじゃないか！　今あの子を助けてあげられるのは、僕だけなんだ！

右手の神器は何のためにある！　こんな時に戦えないで冒険者になれるはずがない！

あの人に追いつけるはずがない！

他の誰かに頼ろうとするな！　頼れるのは自分の力だけだ！

たとえ【さびついた剣】だとしても、戦うことはできる！

必要なのは、強い神器じゃない！

恐怖に立ち向かう勇気だけだ！

だから動け！　動け！　動け！

「う、うわぁぁぁ―――――！！！」

我ながら情けない叫びを上げながら、僕は魔人に斬りかかっていった。

型も何もない単純な上段斬り。

神器には恩恵もないので、おそらく向こうからは剣が止まって見えるのではないだろうか。

それでも僕は目一杯の力で【さびついた剣】を振りかぶる。

「あっ？　なんだてめえ？」

すると魔人は、広場に入った僕に気が付き、気だるそうな視線をこちらにくれた。

それを気にせず僕は斬りかかるが、魔人の寸前まで接近したところで、急に視界がぐらつく。

次いで腹部に激痛が走り、気が付けば僕は後方の大木まで吹き飛ばされていた。

「ぐ……あっ……！」

……痛い。すごく痛い。何が起きたのかまったく理解ができない。

頭がぼんやりとする中、なんとか顔を上げて魔人の方を見てみると、奴《やつ》はいつの間にかこちらに向けて右脚を上げていた。

蹴《け》られたのか、僕は……？

「あっ？　なんだよ？　クソみたいに弱いじゃねえか。威勢よく俺に斬りかかってくるくらいだから、ちっとは戦えるかと思ったが、まったくの期待外れだな」

魔人は侮蔑《ぶべつ》の目で僕を見る。

確かに僕は人間の中でもかなり弱い方だけど、今の蹴りはあまりにも速すぎるだろ……！

ほとんど何も見えなかった。

いつも戦っているトレントとは比べ物にならない戦闘能力だ。

おそらく、右手に握った神器から強力な恩恵を受けているのだろう。

ただでさえ人より高い身体能力を持ちながら、神器からも恩恵を受けて圧倒的な存在へと昇華している。

これが魔人。冒険者たちが相手にしている上位の魔族。

とても勝てる相手ではないが、僕は軋《きし》む体を無理矢理に起こして、ふらつきながらも神器を構えた。

「その子から、離れろ……！」

「へぇ、離れろねぇ。じゃあ離してみろよ雑魚《ざこ》野郎」

奴は挑発気味にそう返してくる。

怒りを覚えた僕は、再び神器を力強く握って、二度目の突攻に打って出た。

「はあぁぁぁ――――！！！」

だが、またしても奴は……

「はっ、おっせえな」

そう言いながら右の脚で僕の体を蹴りつけた。

腹部に激痛を感じ、後方の大木に激突する。

避けたり防いだりする暇もない。圧倒的な実力の差がある。

僕は力なく地面に倒れ、すぐに起き上がることができなかった。

「チッ、こんな雑魚相手じゃ、祝福《チャリティ》も大してもらえねえぜ。せっかく手付かずの人里を見つけたってのに、全員がこの程度じゃ話になんねえな」

魔人は心底不満そうに、狼《おおかみ》の顔をしかめる。

人間が魔族と戦うことで神器を成長させるのと同じように、魔人は人間を殺すことで神器を成長させていく。

そして強い人間を殺すほど邪神から強力な祝福を受けて、より早く強くなることができるのだ。

奴が不服そうにするのも当然である。

「ちっと危険だが、これからは本格的に白級《プラチナ》や黒級《マスター》の冒険者でも狙《ねら》ってみっかな。その方が手っ取り早く強くなれるからな」

狼の魔人はそう言うと、地面にへたり込んでいる少女の眼前まで歩いていった。

そして右手の大剣を振り上げる。

「まあそれはいいとして。こんなのでも祝福《チャリティ》はもらえるからな。まずはお前から死んでもらうぜクソチビ」

「い、いや……」

まずい、あの女の子が！

僕は全身の痛みに耐えながら、急いで地面から立ち上がった。

「う、わぁぁぁ――――！！！」

ただがむしゃらに女の子と魔人の間に割って入る。

少女を切り裂こうとしていた大剣を、寸前のところで【さびついた剣】で防ぎ、魔人と鍔迫《つばぜ》り合《あ》いのような形になった。

「うっ……ぐっ……！」

「へぇ、そんな汚ねえ神器でよく受け止められたな。ここは素直に褒めておいてやるぜ。だがな……」

途端、奴は背筋が凍えるほど低い声で、目の前の僕に囁《ささや》いた。

「そろそろうざくなってきたから、マジで殺すぞ」

瞬間、柄を持つ手が凄《すさ》まじい力で押される。

とんでもない怪力だ。

僕の【さびついた剣】では、奴の黒い大剣に敵うはずもない。

このままじゃ、神器が折られてしまう。

神器を折られたら、もう僕に戦う術はない。

いやそれ以前に、折られると同時に殺される。

僕も、後ろの女の子も。

今の【さびついた剣】の耐久値は……

名前：さびついた剣
ランク：F
レベル：10
神聖力：15
恩恵：力＋0　耐久＋0　敏捷《びんしょう》＋0　魔力＋0　生命力＋0
魔法：
スキル：
耐久値：2／15

「くそっ……！」

もう今すぐに折れても不思議ではない。

絶対に負けるわけにはいかないのに。

僕は、たった一人の魔人を倒すこともできないのか。

僕は、たった一人の女の子を助けることもできないのか。

冒険者を目指して、あれだけ修行をしてきたのに。

ルビィにも、母さんにも、あれだけ背中を押してもらったのに。

僕の三年間は、いったいなんだったんだ。

「じゃあな、英雄気取りの雑魚野郎」

ニヤリと不気味な笑みを浮かべ、狼魔人はさらに大剣を押し込んできた。

さびついた剣からはピシッと嫌な音が鳴り、いよいよ亀裂が走った。

奴《やつ》の神器に斬り裂かれて、それで終わり。

――英雄気取りの雑魚野郎。

努力をしていれば、いつか報われると思っていた。

がむしゃらにやっていれば、何か変わると思っていた。

誰《だれ》も見ているわけではないのに、この努力を誰かが見てくれていると思っていた。

でも、こんなのはただのごっこ遊びだったんだ。

決して英雄になれない僕が、無意味な修行に没頭することで現実から目を逸《そ》らしていた。

母さんの前では常に前向きでいたが、心のどこかで僕は諦《あきら》めを覚えていた。

僕は冒険者になんてなれない。英雄になんてなれない。

奴の言う通り、女の子一人も救えない、英雄気取りの雑魚なんだ。

（あぁ、もう、それでいいよ……）

冒険者になれなくたっていい。

英雄になれなくたっていい。

今まで僕のことを侮辱してきた連中を見返せなくてもいい。

先に行って待ってると言ってくれたルビィに追いつけなくてもいい。

そんな夢の話は、今どうでもいいんだ。

今は、ただ……

（負け……たくない……）

目の前にいる魔人に……

（負け……たくない……）

今まで臆病《おくびょう》だった自分に……

（負け……たくない……）

負けたくない？　いや……

「絶対に勝つんだっ！！」

瞬間、僕の叫びに呼応するように、【さびついた剣】が黒い光を放った。
そして目の前の魔人と僕の顔を明るく照らし出す。
神器に何らかの変化が起きたのは明白だった。
驚きつつも、僕は咄嗟《とっさ》に【さびついた剣】の性能《プロパティ》を確認した。

名前：さびついた剣
ランク：F
レベル：10

神聖力：15
恩恵：力＋0　耐久＋0　敏捷＋0　魔力＋0　生命力＋0
魔法：
スキル：【進化】
耐久値：2／15

遥《はる》か格上の魔人と斬り結んだからだろうか。
それとも、僕の心情の変化に反応したからだろうか。
僕の【さびついた剣】に、未知のスキルが発現していた。
「進……化……？」
まるで聞いたことがないスキルだ。
これにいったいどういう効果があるのかわからない。
しかし、そのスキルの効果なのだろうか……
雛鳥《ひなどり》が卵の殻を破るように、【さびついた剣】の錆《さび》がボロボロと落ちていった。
やがて錆の内側に隠されていた、神器の真の姿があらわになった。
「な、なんだよ……そりゃ？」
すべての光を吸い込むかのような、闇夜《やみよ》のように真っ黒な刃。
柄まで黒く染まっている。

そして極め付きは、肉眼でもはっきりと見える、ドス黒くて禍々《まがまが》しいオーラ。
まるで邪神から授けられるような、『魔人が持っている神器』のようである。
不気味なそいつの正体は……

名前：呪《のろ》われた魔剣
ランク：S
レベル：
神聖力：500
恩恵：力＋500　耐久＋500　敏捷＋500　魔力＋500　生命力＋500
魔法：
スキル：【神器合成】
耐久値：500／500

「呪われた……魔剣？」
僕の【さびついた剣】が、【呪われた魔剣】という不吉な名前の神器に変化した。
このランクはいったいなんだ？
神器のランクはAからFまでじゃなかったのか？
それにレベルの表記もない。
何より驚くべきことは、神聖力と恩恵がすべて500。

300あれば驚異的と言われている中で、これはあまりにも強すぎる。

僕の知る限り、最上級品と言っても過言ではない神器だ。

なんで突然、僕の【さびついた剣】がこんな神器に変化したのだ？

いや、今はそんなことどうでもいい。

体の内側から、湧き水のように力が溢《あふ》れてくる。

これが神器から与えられる恩恵。

神様が人間に与えてくれる強大な力。

負ける気が……しない！

「はあっ！」

僕は鍔迫り合いになっていた魔人の大剣を弾き返した。

先ほどまでまったくびくともしなかったのに、今は簡単に押し返すことができた。

「なにっ⁉」

魔人は神器を押し返されたことで、大きく体勢を崩す。

僕はその隙を見逃さない。

右手の神器で、魔人の胸元を斬り付けた。

【さびついた剣】では傷一つ付けることができなかっただろう奴《やつ》の魔装を、いとも容易《たやす》く斬り裂いてしまう。

「ぐあっ！」

目の前で鮮血が散ると、魔人はすかさず僕から距離を取った。

傷は浅い方だ。

しかし奴は傷付いた胸元を手で押さえ、怒気に満ちた顔で僕を見てきた。

「て、てめぇッ！　俺の体に、傷を付けやがったなッ！」

自分の魔装に相当の自信があったのだろうか。

傷を付けられたことに対して激しい憤りを覚えているようだ。

奴はその怒りに任せるように、黒い大剣を力任せに振ってくる。

力も速さもあり、常人ならばその迫力だけで圧倒されているだろう一撃を、僕は冷静に右手の剣で弾いた。

「くそ……がぁぁぁぁぁ！！！」

魔人は続け様に大剣を振ってくる。

同様に僕も魔人の攻撃を弾いていく。

神器の打ち合いで激しい剣圧が生じ、周囲の木々が騒がしく揺れていた。

「はぁ……はぁ……はぁ……！」

やがて魔人は息を切らして攻撃の手を止めた。

そして額に青筋を立てながら、耳障りな怒号を撒《ま》き散《ち》らす。

「く……そがッ！　急に神器を変えやがって！　だったら見せてやるよ、俺の神器の本当の力をなッ！」

魔人は黒い大剣を、こちらに見せ付けるように高々と振り上げた。

「付与魔法《エンチャント》──【黒炎《ヘルフレア》】！」

奴がそう叫ぶと同時に、大剣に黒い炎が宿った。

離れた場所に立っていても熱気が伝わってくる。

強力な黒炎だ。

「……『付与魔法《エンチャント》』か」

神器は大きく分けて二つの種類が存在する。

それは『武器系』の神器と『触媒系』の神器だ。

武器系の神器は文字通り、神器それ自体に神聖力が備わっており、魔族を直接攻撃できる種類の神器だ。

そして触媒系の神器は、神器それ自体に神聖力はないものの、『魔法』という超常的な現象を起こすことができる神器である。

ゆえに触媒系の神器を持っている人たちのことを、世間では『魔法使い』や『魔術師』なんて呼んだりもする。

戦いにおいて、どちらが優秀ということはなく、状況によって優劣は変わってくる。

それに武器系の神器にも少なからず『魔法』は宿る。

その一つが『付与魔法《エンチャント》』だ。

神器の神聖力を底上げしたり、特殊な効果を持たせたりすることができる。

見るからに奴の付与魔法《エンチャント》は、神聖力上昇の効果があるはず。

最大の一撃で勝負を決めるつもりらしい。

「ははッ！　これでてめえの神器の神聖力を上回ったぜ！　死にやがれ雑魚《ざこ》がッ！！！」

魔人は黒炎をまとった大剣を両手で振りかぶり、全力で飛び出してきた。

目にも留まらぬ速さの上段斬り。

それを見た僕は、その一撃を防ぐために右手の【呪われた魔剣】を……

ではなく、何も持っていない左手を前に構えた。

瞬間――

「なっ⁉」

振り下ろされた高熱の大剣を、左手で受け止めた。

凄《すさ》まじい衝撃と熱が左手に伝わるが、僕は僅《わず》かに顔をしかめただけで、奴の最大の一撃を完全に止めた。

「す、素手で受け止めただと？　俺の神器を……？　あ、ありえねえ……」

魔人は目の前の事実に驚愕《きょうがく》しているようだ。

しかしこの【呪《のろ》われた魔剣】の恩恵を以てすれば容易いことだ。

力が溢れてくる。強さが満ちてくる。心が奮い立つ。

もう誰《だれ》も、僕のことを止められない！

「今度は、こっちの番だ」

僕は右手の剣を力強く握り直す。

居合斬りをするように左腰に据えると、眼前で固まる魔人を……

「はあっ！」

一撃で、両断した。

「ぐ……あっ……！」

右腰から左腰にかけて両断された魔人は、力なく地面に倒れた。

そして驚愕と怒りを含んだ視線で、僕を見上げてきた。

「あり、えねえ……！　あんな、汚ねえ神器、だったのに……！」

次第に魔人の体が光に覆われていく。

全身が少しずつ光の粒へと変わっていき、空気に溶けるように散っていった。

「くそッ……たれが……」

後に残されたのは、禍々《まがまが》しい光を宿した黒結晶と、奴の神器である黒い大剣だけだった。

しばしの静寂がこの場に訪れる。

先ほどまでの戦いがまるで嘘《うそ》のように静まり返り、僕は事実を確認するように声を漏らした。

「魔人に、勝てた……」

あの弱虫で泣き虫だった僕が。

最弱の神器を授かったはずの僕が。

いじめられっ子だった僕が。

まったくもって信じられない。

しかしこれは、紛うことなき事実だ。

ということを、後方からのすすり泣く声が再認識させてくれる。

「うぐっ……ひぐっ……」

魔人に襲われそうになっていた女の子だ。

彼女はいまだに地べたにへたり込み、顔をくしゃくしゃにして泣きじゃくっていた。

僕も、あの子も、ちゃんと生きている。

僕は改めて少女の元まで歩み寄ると、目の高さを合わせるようにして屈《かが》んだ。

「もう大丈夫だよ。怖い魔人は僕が倒したからさ。だから泣き止ん……」

と、慰めている最中……

突如、視界がぐらついた。

まるで世界が横転するように、目の前の景色《けしき》が揺れる。

「あ……れ……？」

急速に意識が遠のいていき、僕は地面に倒れた。


「んっ……」

瞼《まぶた》の上に光が当たり、僕は眩《まぶ》しさを感じて目を覚ました。

見上げた先には、見慣れた木造りの天井がある。

極め付きは、背中に馴染《なじ》んだ布団の感触。

「ここは……？」

見間違えるはずもない。僕の部屋だ。

窓からは朝日が入り込み、それが僕の顔を照らしてきたらしい。

朝になっている。

ということは、昨日《きのう》の夕方から朝まで、僕は眠っていたってことか。

魔人と戦ってからずっと……

「あっ、ラスト。起きたのね」

「……母さん」

見計らったかのように、母さんが部屋へとやってきた。

切り揃えた果物を皿に載せ、僕の部屋へ来たということは、それを持って来てくれたのだろう。

朝ご飯代わりかな。

いや、それはいいとして、今は聞きたいことが山ほどある。

だから僕は、机の上に皿を置く母さんに、早々に問いかけようとした。

けれど……

「森の中で倒れているところを、衛士さんに助けてもらったのよ、あなた」

「えっ……？　そうだったんだ」

先に母さんに説明されてしまった。

衛士さんに助けてもらったのか。樵兄弟《きこり》が呼んだのだろうか？

それで僕は、ここまで運ばれてきたと。

しかし、僕が一番に聞きたいことはそれではない。

「ぼ、僕と一緒にいた、あの女の子は……！」

「心配しなくても大丈夫よ。あなたが倒れている近くで泣きじゃくってたらしいけど、怪我《けが》もなくて無事に保護されたわ。かくれんぼの場所を探してたら、間違って森に入っちゃったんだって」

「……そっか」

……それなら、よかった。

あの後、何事もなく村に帰って来られたんだ。

僕が魔人に立ち向かっていった意味は、ちゃんとあったらしい。

「ラストが助けてあげたんでしょ」

「えっ？」

「その女の子から話を聞いたのよ。怖い魔人に襲われてるところを助けてもらったって。起きたら『ありがとう』って伝えてだってさ。やるじゃない」

「……」

思い掛けない報告に、僕は呆気《あっけ》に取られて固まってしまう。

……ありがとう、か。

その言葉をもらえただけで、魔人に立ち向かった甲斐《かい》はあったと思える。

怖かったし、痛かったし、苦しかった。

でも、それ以上に今は心地《ここち》よい。

僕が魔人を倒して女の子を守った。その事実が体の芯《しん》にジワジワと浸透する。

「それにしても、ラストが魔人をねぇ……。私、その話を聞いた時すごく嬉《うれ》しかったわよ」

「えっ？　なんで？」

「だってあなた、いつも森に魔物退治しに行くと、使い古した雑巾《ぞうきん》みたいにボロボロになって帰ってくるんだもの。素人《しろうと》の私から見ても、ラストが弱っちいのは簡単にわかるわよ」

「ぞ、雑巾って……」

それはあまりにもひどいよ。

しかし完全に否定もできない。

僕は森にいる弱い魔物相手でさえ、満身創痍《まんしんそうい》になっていた。

Ｆランクの最弱の神器を授かってしまったのだから、当然と言えば当然である。

そんな僕が、よもや魔人を倒して女の子を守ったなど、ずっと僕のことを見守ってくれていた母さんからしたら驚きの出来事だろう。

まあ僕自身も、いまだにびっくりしているからね。

「何度もあなたのことを引き止めたいって思ったけど、そうしなくて正解だったみたいね。強くなったのね、ラスト」

「……え、えへへ」

「それにね、衛士さんたちも村長さんも感謝してたわよ。もしレッド村に攻め込んできていたら、村人たちを危険にさらしていたからって。すっかり村の英雄ね」

「……英雄、か」

それはなんというか、満更でもない。

女の子だけじゃなく、村を守った英雄か。

ほんのちょっとは、憧《あこが》れている英雄に近づけたかな？

まあどちらにしても、僕はまだまだ未熟者で、冒険者ですらない。

だから僕は冒険者になって、もっともっと……

「あっ、そういえば……」

僕はふと思い立って起き上がろうとする。

すると母さんがそれに気が付いて、優しく肩を押さえてきた。

「あっ、まだ安静にしてなくちゃダメでしょ。いったいどうしたのよ？」

「ちょっと教会に行って、今日の月日を聞きたくてさ」

突拍子も無しにそう言うと、母さんは呆《あき》れたような笑みを浮かべて言った。

「弓の月の一日よ。でもそれがどうしたの？」

「……」

今月は弓の月。ということは来月、町の方で冒険者試験が開催される。

半年に一度実施される冒険者試験。

月日は決まっていて、剣の月と槍《やり》の月の一日に行われるのだ。

つまりちょうど一ヶ月後の、槍の月の一日に試験が催される。

上手《うま》くいけばその時に……

「あ、あのね母さん。僕……」

僕は考えていたことを母さんに打ち明けようとした。

けれどまたしても、母さんに先を越されてしまう。

「冒険者になりに行きたい、とか？」

「えっ？」

「あっ、もしかして当たった？　だって、ずっと冒険者になりたがってたんだもの。魔人を倒して自信が付いたら、すぐに夢を叶《かな》えたいはずだものね」

母さんにはお見通しだったらしい。

そう、僕は今すぐにでも冒険者になりたい。そのための試験を受けたい。

魔人を打ち倒すことができた力を使い、憧れの冒険者になりたいんだ。

でも……

「冒険者にはなりたいよ。でもさ、ずっと母さんに面倒を掛けてきたのに、突然さよならなんて、やっぱりいくらなんでも……」

「あぁ、そんなの別にいいわよ。気にせずに行って来なさい」

「……いいの？」

「まあ、ちょっと寂しい気もするし、薄情な息子だなぁ、なんて思ったりもするけど……」

「うっ……」

耳が痛くなり、思わず顔をしかめるが、母さんの次の台詞《せりふ》を聞いて瞳《ひとみ》の奥が熱くなった。

「息子が何かをやりたがっている。その背中を目一杯蹴《け》飛《と》ばしてやるのが母親の役目だわ。あなたの好きにしなさい、ラスト」

「母さん……」

なんで僕が欲している言葉を、毎回的確に言ってくれるのだろう。

僕は本当に人に恵まれているな。

母さんの息子でよかった。

「ただしその代わり、半年に一回は家に顔を見せること。あとお金は計画的に使うこと。食べ物を粗末にしないこと。寝る時はお腹《なか》を出さないこと。それから……」

「……ま、まだあるの？」

まあ母さんの出す条件なら喜んで飲むさ。

と思っていると、突然母さんが僕を抱き締めてきた。

「絶対に母さんより、先に死なないこと」

「……」

「これだけは絶対に守って。約束できなかったら、家を出て行くのは許さないからね」

気が付けば、母さんの手は微《かす》かにだが震えていた。

もしかして、ずっと心配してくれていたのだろうか？

魔人と戦ったと聞いて、ボロボロになって帰ってきて、限りなく死線に近づいた。

最悪死んでいたかもしれない。そんなことを考えて、不安に思ってくれていたのだろうか。

思えば、母さんはいつも僕の身を案じてくれていた。

村の子供たちに意地悪されていることも心配していたし、毎度ルビィが助けてくれることにも深く感謝していた。

それでいて、その話を聞く度にどこか複雑そうな顔をしていた。

『いつもルビィちゃんが助けてくれるんだ。じゃあ母さんの出番は無さそうかな』

きっと心根では、何かをしたいと思っていたのではないだろうか。

たぶん、ルビィがいなかったら、僕はこの人に助けられていたと思う。

遅まきながら母さんの気持ちを察すると、僕は抱き締められながら大きく頷《うなず》いた。

「うん、約束するよ。母さんにはもう心配させない。僕、もっともっと強くなって、母さんが心配しないくらいの冒険者になってみせる」

そう宣言すると、母さんは抱擁を解いて、ニカッと笑みを浮かべた。

「そう言ったからには、期待してるわよ。良い知らせ待ってるからね」

「うん。ありがとう母さん」

というわけで僕は、ようやく夢のための一歩を踏み出すことになった。

来月の冒険者試験に、僕は必ず合格してみせる。

「あっ、ところで母さん、僕の神器って知らないかな？」

「えっ？　神器？　あぁそれなら、そこに立て掛けてあるわよ」

母さんは部屋の隅を指し示した。

そちらに視線を移してみると、確かに神器が立て掛けられていた。

衛士さんが拾って来てくれたのだろうか？

それについてはほっと胸を撫《な》で下《お》ろしたいところだったが、部屋の隅に目を移した僕は、思わず目を見開いて固まってしまった。

なぜならそこには……

「な、なんで……？」

僕の【さびついた剣】だけでなく、もう一本――『真っ黒な大剣』が立て掛けられていたからだ。

あの、魔人の黒い大剣が。

ていうか、僕の神器も元に戻ってるじゃん！

柄まで汚く錆《さ》び付《つ》いた、見慣れたボロボロの剣。

「ど、どういうこと？」

色々と訳がわからずに呆然《ぼうぜん》としていると、母さんが事情を説明してくれた。

「衛士さんがね、『どっちかわからない』からってどっちも持って帰って来ちゃったのよ。黒い方は見るからに魔人の神器みたいだけど、ボロボロの神器で魔人を倒したとも思えないしって。女の子に聞いても泣きじゃくったままでわからなかったらしいし」

「……なるほどね」

確かにそれだとどちらが僕の神器かはわからない。衛士さんとは時々顔を合わせていたけど、僕が【さびついた剣】の使い手とは知らなかったみたいだ。

だからどっちも持って帰って来たというのは合理的である。

神器は壊れても直すことができるが、無くしたら二度と返ってくることはないからね。

冒険者として一番やってはならないこと。それが神器喪失だ。

いや、それはもういいとして、なんで僕の神器が元に戻っているのだろう？

あの魔人と戦っていた時、禍々《まがまが》しい剣に姿が変わった。

確か名前は【呪《のろ》われた魔剣】。

時間が経《た》つと【さびついた剣】に戻ってしまうのだろうか？

「それにしても、よくその神器で魔人を倒せたわね。神器とか戦いについては母さんよくわからないけど、ラストの神器で魔族と戦うのはすごく難しいんじゃないの？」

「うん。僕も倒せるとは思ってなかったんだけどさ……」

僕は立て掛けられている【さびついた剣】を取り、それをじっと見つめた。

あの時、僕の【さびついた剣】は【呪われた魔剣】という超強力な神器に変化した。

その要因はおそらく、突然覚醒《かくせい》したスキルのおかげ。

確か名前は……『進化』だったかな？

「どういうスキルなんだろう？」

そう疑問に思ったので、僕は【さびついた剣】に触れたまま性能《プロパティ》内のスキルを確認してみた。

性能《プロパティ》と同様、『スキル』の詳細も神器に触れている間は確認することができる。


【進化】
・神器の真の姿を解放
・闘争心を燃やすことで効果発動

闘争心を燃やす?

スキルの概要を確認した僕は、一瞬首を傾《かし》げかけたが、すぐにハッとなって気が付いた。

黒狼の魔人と戦っていた時、僕は女の子を守れずに殺されそうになった。

その時に〝絶対に勝つ〟という強烈な戦意を抱いて、神器の姿が変貌《へんぼう》したのだ。

だから同じようにして、試しに戦う意思を抱いてみる。

するとその瞬間、【さびついた剣】が黒い光を放ち始めた。

そして卵の殻を破るように錆が落ち、やがて例の『漆黒の剣』が姿を現した。

名前:呪われた魔剣
ランク:S
レベル:

神聖力：500
恩恵：力＋500　耐久＋500　敏捷《びんしょう》＋500　魔力＋500　生命力＋500
魔法：
スキル：【神器合成】
耐久値：500／500

……できた。

また【呪われた魔剣】を出すことに成功した。

こうして仮初めの戦意を抱くだけでもスキルを発動させることはできるみたいだ。

眼前で神器の変化を目の当たりにした母さんは、明らかに目を見張っていた。

「あっ、えっとね母さん、これが僕の神器の力だよ。これのおかげで魔人に勝つことができたんだ。たぶんこの力が目を覚ましてくれていなかったら、僕は魔人に勝つことも、あの女の子を守ることもできていなかったと思う」

「そ、そうなの……」

説明を聞いても、母さんは驚きの表情を崩すことはなかった。

驚くのも無理はない。

見た目は完全に『魔人の神器』だもんね。

他の人が見たらびっくりするのは当然だ。

「なんだかおっかない見た目してるけど、ラストは特に何ともないのよね？」

「えっ？　うん、たぶんね。ただ物凄《ものすご》い力が溢《あふ》れてきて、なんかソワソワするけど」

そう、見た目が完全に魔人の神器でも、強くなれたことに違いはない。

僕はこれで冒険者になる。

そして、もっとたくさんの人たちを助けて、憧《あこが》れの英雄になってみせる。

「とにかく、強くなれたみたいでよかったわ。それじゃあ私は、ラストがいつ旅立ってもいいように、色々準備しておくわね」

「ありがとう母さん。いつもいつも、お弁当とかも作ってくれて……」

「改まって何言ってるのよ。お礼なんて必要ないわ。母さんなんだもの」

母さんはそう言って、部屋を後にした。

一人になった僕は、改めて右手の神器に目を落とす。

名前：呪われた魔剣
ランク：S
レベル：
神聖力：500
恩恵：力＋500　耐久＋500　敏捷＋500　魔力＋500　生命力＋500
魔法：

スキル：【神器合成】
耐久値：500／500

落ち着いて見てみても、やっぱり規格外に強力な性能《プロパティ》だ。
神聖力と恩恵がすべて500。
歴史に名を残している神器たちと比べても、圧倒的に群を抜いている。
それにランクとレベルも不思議な表記をしているし、変な神器だな。
「【呪われた魔剣】……か」
「……やっぱり、どう見ても魔人の神器だよね」
この禍々しさといい、強大な力といい。
下手《へた》をしたら、僕が昨日《きのう》倒したあの魔人の神器よりもおぞましい姿をしていると思う。
なんて思いながら僕は、魔人の神器が立て掛けられている場所まで歩いて行った。
そして改めて黒い大剣を凝視する。
次いでなんとはなしにその神器に触れ、性能《プロパティ》が確認できるかどうか確かめてみた。

名前：黒炎の大剣
ランク：B
レベル：15

神聖力：230
恩恵：力＋250　耐久＋230　敏捷＋70　魔力＋150　生命力＋200
魔法：【黒炎《ヘルフレア》】
スキル：【両手剣】
耐久値：185／250

「おっ、見れた」

神器は触れることで詳細な情報を知ることができる。魔人の神器も例外じゃないんだ。

それにしてもやっぱり、結構強力な神器だったんだな。

衛士さんと戦いになっていたら危なかったかもしれない。

もちろん戦闘においては、神器の性能《プロパティ》がすべてではない。所有者の技量によって勝敗がひっくり返ることもある。

しかしあの魔人は見たところかなり戦闘慣れをしていた。大きな被害は免れなかっただろうな。

僕で止めることができて本当によかった。

と、改めて安堵《あんど》に浸っている場合ではない。

「性能《プロパティ》を見ることはできたけど、他人の神器は使えないようになってるし、これどうしよっかな？」

神器は基本的に装備者がいなくなれば自然と消滅する。

しかし消えるまでにそれなりの時間を要する。

これもしばらくすれば消滅するだろうが、いったいいつ消えるのかわかりはしない。

こんなおぞましい神器を部屋に置きっぱなしにしておくのも怖いし。

インテリアにしては趣味が悪すぎるしなぁ。

早めに捨てた方がいいかもしれない。燃えるゴミかな？

「んっ？」

なんて、魔人の神器を捨てようと考えていると……

突然、右手の方から紫色の光が放たれた。

見ると、どういうわけか【呪《のろ》われた魔剣】が輝いていた。

「何が……起きて……？」

やがて、左手で触れていた魔人の神器が、独りでに動き始めた。

ふわふわと宙を漂い、【呪われた魔剣】に近づいていく。

そしてガツンとぶつかり、まるで【呪われた魔剣】に吸い込まれるかのように消えてしまった。

「合体した？　僕の神器と？」

そのように見えたけど。

なんで突然そんなことが起きたのだ？

ていうかあんなことがあって、僕の神器はおかしくなってないか？

そう危惧《きぐ》して、僕は【呪われた魔剣】の性能《プロパティ》を確かめてみた。

名前：呪われた魔剣
ランク：S
レベル：
神聖力：500
恩恵：力＋500　耐久＋500　敏捷＋500　魔力＋500　生命力＋500
魔法：【黒炎《ヘルフレア》】
スキル：【神器合成】
耐久値：500／500

「えっ⁉」

新しい魔法が発現している。

というかこの魔法、魔人の神器に宿っていた魔法と同じものじゃないか。

何がどうなっているんだ？　魔人の神器の力が乗り移った？

「……もしかして」

一つ、気になっていたスキルについて僕は確かめてみた。


【神器合成】
・邪神の祝福が施された神器を強化素材として合成可能

・合成した神器の付与魔法《エンチヤント》を獲得
・未装備の神器に限る
・強化素材とする神器を近づけることで効果発動

「なるほど。このスキルの効力か……」

『神器合成』。これで魔人の神器を取り込んだってことだ。

かなりびっくりしたけれど、スキルの効果とわかれば納得もできる。

『邪神の祝福が施された神器』とは、ようは『魔人の持っている神器』のことだ。

それで『未装備の神器』っていうのは、たぶん『所有者のいなくなった神器』ってことかな？

つまり【呪われた魔剣】は、『倒した魔人の神器を取り込む力』があるってことだ。

「……とんでもない力だ」

ただでさえ恩恵値オール500という反則級の力が備わっているのに、それに加えて魔人の神器の力を取り込むこともできるなんて。

レベルの表記がないので、これ以上は成長しないと思っていたんだけど、もしかしたらこの『神器合成』が唯一の成長の手段なのかもしれない。

かなり特殊な成長方法だ。やっぱり変な神器だな、これ。

「とにかくまあ、結果的に魔人の神器の処分はできたし、これで心置きなく旅に……」

なんて思っていると……

突如として視界がぐらついた。

「えっ……？」

同時に頭の辺りが、締め付けられるような苦しみに襲われる。

まるで脳みそを鷲掴《わしづか》みにされているみたいな痛みだ。

それに耐え切れず、僕は思わず膝《ひざ》をついてしまった。

「う……ぐっ……！」

膝をついたまま、立ち上がることができなかった。

何が起きているんだ？

いきなり激しい頭痛が襲い掛かってきた。頭がぼぉーっとする。

下手《へた》をすれば意識が飛んでしまいそうなくらいの痛みと苦しみだ。

と思った瞬間、僕はハッとなって気が付く。

これってもしかして……

「この神器のせい……？」

僕は右手に握った【呪われた魔剣】に目を落とした。

そういえば初めてこれを顕現させた時も、視界がぐらついて倒れてしまった。

そしてそのまま意識を失い、気が付いたらここで眠っていた。

この意識が飛びそうなくらいの激しい頭痛は、もしかしてこの神器が関係しているのか？

「呪われた……魔剣……」

そう、この〝呪《のろ》い〟と付いた名前も引っ掛かる。

そういえば神器の中には、『呪いの神器』と言われるとても希少なものがあると聞いたことがある。

圧倒的な性能《プロパティ》や能力を有する代わりに、装備者に多大な悪影響を及ぼす諸刃《もろは》の神器。

しかし実際に使用している人物が確認できないことから、空想上の神器ではないかと昔から噂《うわさ》されているのだ。

もしかしてこれがそうなのかな？

ここまで強力な性能《プロパティ》と、『神器合成』という型破りな能力。

加えて意識そのものを締め付けてくるような原因不明の頭痛。

『呪いの神器』である可能性は非常に高い。

「もう、限界……！」

僕は神器を手放し、強制的に【さびついた剣】に戻した。

やはりスキルの効力で神器の姿が変わっているから、神器を手放せば元の姿に戻せるらしい。

神器はちゃんと装備しなければ、半装備という状態になる。

神器が半装備の状態では、恩恵の効力が弱まったり、魔法やスキルが正しく発動しなかったり、神聖力も効果を発揮しなくなってしまう。

だから手放された【呪《のろ》われた魔剣】は【さびついた剣】に戻ったということである。

スキルの発動条件が『闘争心を燃やすこと』となっているので、単純に戦意を失ってスキルを解除することもできるだろうけど。

とにかく危ないと思ったらいずれかの方法で【さびついた剣】に戻した方が良さそうだ。

「呪い……か」

僕は残留する頭痛に歯を食いしばりながら、今一度神器に目を落とす。

厄介な制約ではあるが、まあ仕方がないことではあるだろう。

いくらなんでも強力すぎる神器だし、それを自由自在に使える方がおかしい。

呪いという枷《かせ》がある代わりにここまでの性能《プロパティ》を有していると考えた方が自然だ。

だからこれからはもっと慎重に【呪われた魔剣】を使うことにしよう。

そのために色々と検証も必要だ。

「冒険者試験まで、あと一ヶ月」

村を出発するのは試験当日の三日前にしよう。

それまでにできることをして、不安要素を限りなく削る。

僕は冒険者試験に向けて、最後の修行を始めることにした。


冒険者試験までの一ヶ月で、色々なことがあった。

まず、【呪われた魔剣】についてわかったことがある。

どうやら【呪われた魔剣】は、三十分間の使用が限界みたいだ。

それ以上顕現させていると、頭痛が悪化して意識が飛んでしまう。

そして三十分という制限時間も、万全の体調から計測した場合のもので、その時の精神状態に応じて使用限度も変動する。

だから初めて魔剣を使った時、魔人を倒した直後に意識を失ってしまったみたいだ。

あの時はすでに相当な体力を消耗していて、精神も弱り切っていたから。

三十分と聞くと心許ないように感じるかもしれないが、しかしこの制限時間は延ばすこともできるみたいだ。

魔剣は使えば使うほど、少しずつ制限時間が延びる。

僕の体が呪いに慣れていっている、ということだろうか？

いや、体と言うより精神と言った方が的確かな。

この呪いは精神そのものを締め付けてきて、意識を飛ばそうとしてくるから。

ともあれいずれは丸一日くらい【呪われた魔剣】を顕現させられるようになるかもしれない。

今後は意識が飛ばない範囲で魔剣を使っていき、徐々に呪いに精神を慣れさせて行きたいと思う。

次に、新たに発現した付与魔法《エンチャント》も試しに使ってみた。


【黒炎《ヘルフレア》】
・付与魔法《エンチャント》
・神器に灼熱《しゃくねつ》の黒炎を宿す
・使用回数：３／３

神器に灼熱の黒炎を宿し、神聖力を底上げする付与魔法《エンチャント》。

黒狼の魔人が使った時も思ったが、やはりこれはかなり強力な魔法だ。

魔剣の魔力恩恵も相まって、驚異的な威力を発揮してくれる。

ただ、魔法は使用回数という制限があり、『黒炎《ヘルフレア》』の場合は三回までの使用が限界となっている。

この回数を使い切ってしまうと魔法は使えなくなり、教会の祭壇で神器修復をして使用回数を回復させなければならないのだ。

触媒系の神器に宿る魔法はもっと回数が多いみたいだけど、付与魔法《エンチャント》は極端に回数が少ない。

だからここぞという時に使うべきだとわかった。

以上が【呪われた魔剣】の詳細である。

そういえばその修行をしている最中、例の〝樵《きこり》兄弟〟が僕のところを訪ねてきた。

驚くべきことに、申し訳なさそうな顔をして。

『そ、その……悪かったな。お前のこと見捨てて、俺たちだけ逃げちまって』

『本当はお前、すごく強かったんだな。見縊《みくび》っていて悪かった。あの魔人を一人で倒すなんて、大した奴《やつ》だぜ』

彼らのその言葉に、僕は思わず面食らってしまったものだ。

まさかこの二人から謝罪の台詞《せりふ》を聞く日が来ようとは。

あの侮蔑《ぶべつ》の視線がまるで嘘《うそ》のようである。

根は悪い人たちではないのかもしれない。もしくは魔人を倒したから実力を認めてくれたのかも。

それは定かではないが、樵《きこり》兄弟は続けてこんな提案をしてきた。

『もしよかったらなんだが、お前の神器を少しの間だけ俺たちに貸してくれないか?』

『俺たち実は、「鞘師《さやし》」を目指しててよ、切り落とした木の余りで自作の剣鞘を作ったりしてるんだ。で、もしよかったら、お詫《わ》びの印としてお前の神器の鞘を作らせてほしい』

祝福の儀で授かった神器は、基本的に抜き身の状態で顕現する。

だからその神器に合わせて鞘や入れ物を作る『鞘師』という職人さんがいるのだ。

どうやら樵《きこり》兄弟の二人はその鞘師を目指しているらしい。

そして僕が抜き身のまま【さびついた剣】を腰に刺しているのを見ていたらしく、見捨ててしまった お詫びとして鞘を作らせてほしいと言ってきた。

願ってもない話だと思ったので、僕は一日だけ神器を預けることにした。

そして旅に出発する前日に、二人は神器用の鞘を作って持って来てくれた。

これで不恰好《ぶかっこう》なまま町を歩くことがなくなる。大切に使おうと思った。

そして鞘に収めた【さびついた剣】を背中に吊《つ》るし、母さんの準備してくれた荷物を持って、僕は旅に出発することにした。

「行って来ます母さん。僕、絶対に冒険者になってみせるから」

「行ってらっしゃい。ラストの活躍が聞けるの、楽しみに待ってるからね」

僕はこくりと頷《うなず》きを返す。

ルビィほどの活躍を轟《とどろ》かせることができるかはわからないけど、僕なりに頑張ってみようと思う。

なんて思っていると、そのルビィが話題に出てきた。

「それと、ルビィちゃんが冒険者になってからまだ一度も村に帰って来てないみたいだから、どこかで会ったら一緒に顔見せに帰って来なさいよ」

「ま、まあ、ルビィは白級《プラチナ》冒険者だし、忙しいんじゃないのかな？」

有名な冒険者になれば、それだけ皆から頼りにされる。

そもそもルビィは勇者パールティのパーティーに加入しているので、多忙は必然ではないだろうか。

でも、いつか必ずルビィと一緒にレッド村に帰ってくると約束した。

そして僕は自宅を後にする。

名残惜しく、最後まで手を振り続けて、母さんが見えなくなった後も時折振り返ったりした。

やがて村を出た僕は、紅森林《べにしんりん》の中を通って町まで向かうことにする。

地面の枝葉を蹴散《けち》らしながら走っていると、不意に目の前の大木の裏から何かが現れた。

「ギギッ！」

すっかり見慣れた樹木の怪物――『トレント』である。

僕は咄嗟《とっさ》に足を止めて、背中の【さびついた剣】に手を掛けた。

「ここでお前と戦うのも、たぶん最後だね」

それを合図にするように、トレントが木のツルを振り回してくる。

僕は【さびついた剣】を抜刀するや、即座に闘争心を燃やして【呪《のろ》われた魔剣】に進化させた。

まるで鳥肌が立つように、全身に魔剣の恩恵が駆け巡る。

次いですかさず木のツルを回避すると、自分でも驚くような速度でトレントに肉薄した。

「ギッ⁉」

呆気《あっけ》に取られるトレントを置き去りに、僕は【呪われた魔剣】を振りかぶる。

そして……

「はっ！」

一閃《いっせん》。

トレントは上下の半身に両断されて、深緑色の魔石を残して消滅した。

あれだけ何度も剣を振り続けて、汗だくになって倒していた魔物。

それを一撃で葬り、僕は己の成長を実感する。

思わず涙が溢《あふ》れそうになるのを堪えながら、【呪われた魔剣】を【さびついた剣】に戻して背中の鞘に収めた。

その後、森を全速力で駆け抜ける。

目指すは駆け出し冒険者の町――『ホワイトロンド』。

絶対に試験に合格して冒険者になってみせる。

「待っててね、ルビィ。必ず君に追いついてみせるから」

三年前にルビィが残した足跡を辿《たど》るように、僕は走った。

3

レッド村を旅立ってから二日。

ようやく僕は目的地である『駆け出し冒険者の町』に辿り着《つ》いた。

名前を『ホワイトロンド』という。

「おぉ、都会だ……」

背の高い建物たち。ごった返す人の群れ。賑《にぎ》やかというかもはや騒がしいと思える喧騒《けんそう》。

レッド村とは大違いである。

ここまで賑わっている町に来るのは何気に初めてだぞ。

生まれた時からレッド村で過ごしてきて、遠出をしたことなんて一度もなかったから。

あそこが僕の世界のすべてだったのだと、今さらながらに思えてくる。

だから見たこともない町を眺めることができて、僕は心底感動した。

「観光は後でするとして、まずは『冒険者ギルド』を探そうかな」

冒険者が依頼を受けたり報酬を受け取る施設――『冒険者ギルド』。

冒険者になるためには『冒険者試験』を受けて、それに合格する必要がある。

そして『冒険者試験』は、半年に一度だけギルドで執り行われる。

決まって剣の月と槍《やり》の月の初めに行われ、毎回試験内容も変わるというのが特徴だ。

今日は『弓の月』の『三十日』なので、明日には槍の月に変わる。

タイミング的にはばっちりだ。

早いところギルドを見つけて、その近くに宿を借りたいな。

そう思って町を探索していると、見るからに他の建物たちとは違う〝仰々しい施設〟があった。

明らかに他の建物より大きく、中が一層騒がしい。

どうやら屋内には酒場が併設されているようで、真っ昼間の今から飲んだくれている人たちが大勢いるみたいだ。

極め付きは、剣を二本合わせたような模様が描かれた大旗。

「おっ、あった……」

これが冒険者ギルドだ。

冒険譚で読んだことのある特徴を見事になぞっている。

宿も近くに何軒かあるようなので、どれかを借りることにしよう。

と、その前に、冒険者試験のことを受付さんに聞いておこうかな。

そう考えて、僕は恐る恐るギルドに入った。

「……これ全員、冒険者なのかな？」

中に入って早々、僕は目の前に広がる景色《けしき》に圧倒されてしまった。

駆け出し冒険者の町とはいえ、皆が確かに実力を見込まれた冒険者たちだ。

それがこんなにもたくさんいるなんて。

大切そうに『水晶玉』を胸に抱えている冒険者。

右腕にグルグルと、意味ありげに『包帯』を巻いている冒険者。

超でかい『フォーク』を背中に担いでる冒険者もいる。

あれ、全部『神器』なのだろうか？

あれらの神器でどうやって魔族と戦ったりするのだろう？

やっぱり世界には不思議な神器を使う冒険者がたくさんいるんだなぁ。

まあ僕の神器も大概だけど。

なんてわくわくしながら周りを見回し、やがて気が済んだ僕は、ようやく受付窓口へと辿り着いた。

そしてそこにいる受付さんに、緊張しながら試験のことを尋ねる。

「あ、あの、すみません」

「はいっ？」

「冒険者試験を受けたいんですけど、試験の日程を教えてもらえませんか？」

「明日のお昼から開始ですよ。参加する場合は遅れずに来てくださいね」

「はい、ありがとうございます」

明日のお昼から開始か。

それなら今日は早めに寝て、遅刻しないようにしないとね。

もし参加すらできなかった場合は、半年後の次の試験を待つしかないから。
そうと決めて、僕はギルドの近くに宿を借りることにした。

翌日。
試験当日のお昼にギルドに行くと、すでに大勢の人たちがそこにはいた。
「け、結構な人たちが集まってるな」
これ、全員が冒険者志望の参加者だろうか？
皆が神器らしき武器をどこかしらに装備しているので、まあそうなんだろうな。
競争率が高そうだけど、果たして合格できるだろうか？
確か冒険者試験の合格率は、毎回一割を下回るって聞いてるんだけど。
もし今回落ちてしまったら、次の試験は半年後。
その間は完全に無職になってしまうので、どうにかこの一回で合格を決めたい。
一応、冒険者でなくても魔物討伐でお金を稼ぐ手段はある。
例えば魔物の魔石をギルドの換金所に持っていくとか。
魔石はただの石だが、討伐証明として使うことができる。
そして討伐した魔族の脅威性に応じて報酬が渡されるという仕組みだ。
ちなみに僕の宿敵であるトレントの魔石は、一つで5キラ。
二十体討伐して粗悪なパン一つ買えるか買えないか、くらいの金額だ。

あとはギルドを介さずに、個人で依頼を集めるとか。

まあどちらにしても、ギルドの依頼を介さないと額が乏しい。

だから今回の試験で絶対に合格を決めたいところだ。

そういえば上級の冒険者になると、結構良い額の報酬をもらえると聞く。

大金目当てで冒険者を志す人も大勢いるくらいだ。むしろそれが目的で試験を受ける人が過半数なのではないだろうか。

中には冒険者のことを金払いの良い職業の筆頭と言う人も少なくない。

だから僕も冒険者として成功できれば、好きなものを好きなだけ買うことができるようになるかも。

美味《おい》しい物をたくさん食べたり、面白い冒険譚をたくさん買い漁ったり……

「それではこれより～、冒険者試験を執り行いたいと思います～」

人知れず妄想に花を咲かせていると、どこからか幼い女の子の声が聞こえてきた。

成人以上の人間が集まるこの場所で、その声はかなり異質なものに聞こえ、必然周囲の人たちは疑問を覚える。

そして揃《そろ》ってキョロキョロと辺りを見回すけれど、声を上げたと思しき少女は見えない。

やがてギルドの職員たちが酒場から机を運んできて、その上にちょこんと誰かが乗った。

『ゴスロリ人形』の手を引いている、笑顔が眩《まぶ》しいピンク髪の幼女。

さっきの宣言をしたのは、もしかしてあの子なのかな？

ピンクのひらひらした服を着ていて、人形も相まって完全に幼女にしか見えない。

試験開始の宣言をしたのだから、おそらく試験官の一人なのだろうが、いったいおいくつなんだろう？

という疑問の視線が殺到し、彼女はそれに対して眩しい笑みで答えた。

「私が今回の試験官の～、ガーネット・チャームさんですよ～。こう見えても私は～、きちんと『祝福《しゅくふく》の儀』を受けた成人で～、れっきとしたギルドの職員さんなのですよ～」

間延びした声がギルドの中に響き渡る。

本当に試験官さんだった。

見た目とは裏腹に、ちゃんと祝福の儀を受けた成人らしい。

少し意外な思いで、即席の壇上に立つ幼女を見ていると、さっそく試験内容についての話が始まった。

「ではでは～、さっそく試験の内容を発表したいと思います～。今回の試験内容は～、この町の東門から出てすぐの『七色森』という危険域《エリア》で～、こちらを探して来てもらいます～」

ガーネットさんは右手に引いていた『ゴスロリ人形』……ではなく、さらにそれより小さな人形を左手に持って掲げた。

なんだあれ？　という疑問の視線が集まり、ガーネットさんはそれに答える。

「見ての通り『お人形さん』ですよ～。この『試験人形』を七色森のどこかに置いておきますので～、それを見つけてギルドまで持って帰って来てくださいね～」

……なるほど。

今回の試験は『探し物』というわけか。

試験内容は毎回変わり、試験官によって難易度も上下すると聞く。

たまに理不尽な難易度の試験が執り行われる時もあるそうなので、ある程度覚悟はしてきたのだが。

今回は比較的簡単そうな試験で安心した。ただの探し物だしね。

現役の冒険者を相手に試合をしろとか、参加者全員で戦えとか言われたらどうしようかと思った。

なんて人知れず安心するが、試験官の次なる台詞《せりふ》で、その安堵《あんど》は束の間《つかま》のものとなってしまった。

「ちなみに七色森には～、『コボルト』という魔物がたくさんいます～。人間の持っている物を盗み取る習性があって～、落とし物も勝手に持って行ってしまう困った奴らです～。おそらく今頃《いまごろ》は～、七色森に置いてきた『試験人形』たちを一つ残らず拾ってしまっていると思いますので～、頑張って取り返してくださいね～」

「うっ……」

冒険者試験はそう甘くはなかった。

試験内容そのものは、『森の中で人形を探す』というもの。

しかし特殊な魔物がいるせいで、魔物討伐が前提になる仕組みとなっている。

魔物が蔓延《はびこ》る危険域《エリア》を探索する『探索能力』と、単純な『戦闘能力』。この二つを見るための試験となっているようだ。

「もちろん他の種類の魔物も蔓延っていて危険ですので～、怪我《けが》や事故は完全に自己責任でお願いするのですよ～。あとこれが一番重要なことなんですけど～……」

ガーネットさんは心なしか、声音を二段くらい低くして続けた。

「試験人形には数に限りがありますので～、参加者同士での奪い合いもありになります～」

「えっ？」

「ただし相手を死に至らしめる行為は反則……というか犯罪になりますので～、あくまで背教者《レネゲイド》を相手にしていると想定して戦ってくださいね～。それができる自信がない人は～、今すぐ参加を取り下げた方が身のためですよ～」

参加者同士の人形の奪い合い。

確かにこれはこの試験において、一番重要な要素になるかもしれない。

これだけの人数がいるとなると、当然試験人形も足りないはず。

いやむしろ合格者を絞るために……より優秀な人材を選別するために数に限りを設けたに違いない。

そして冒険者になれば同じ人間を……犯罪者である背教者《レネゲイド》を捕縛することも当然あるので、それを見越しての試験ということなのだろう。

つまり今回の試験は、参加者全員の力量に応じて難易度が変動する。

「参加者同士での奪い合いもありなので～、協力して試験に臨んでいただいても構いませんよ～。冒険者になってからパーティーを組むことも当然あると思いますので～、それも想定して試験に臨んでくださいね～」

「きょ、協力か……」

奪い合いがあり。となれば逆に協力もありということ。

確かに仲間も重要な要素になってくるだろう。

連携次第では試験の合格率をぐんと上げることができるから。

「あっ、もちろんパーティーを組んだ人たちは～、人数分の試験人形を持って帰って来てくださいね～。それで揉《も》め事《ごと》に発展するかもしれないので要注意ですよ～。ではでは～、制限時間は二時間で～、試験開始なのです～」

というチャームさんの間延びした声で、冒険者試験が開始された。

制限時間は二時間。

危険域《エリア》までの移動も考えると、悠長にしていられる時間はない。

「とりあえず僕も……」

早いところ仲間を集めないと。

単独で試験に臨んでもいいが、僕の場合は神器が不安定だ。

性能《プロパティ》は一級品だけど、何より呪《のろ》いが厄介すぎる。

試験の内容からして長期戦になる可能性が非常に高く、途中で意識を失ってしまったら不合格は必至だ。

だからせめて一人は仲間がいてほしい。

って言っても、僕とパーティーを組んでくれる人なんて果たしているだろうか？

僕の神器は一見、ただの【さびついた剣】だ。

こんな神器を持っている人を仲間に入れてくれるはずもない。

ならば『進化』のスキルを使って【呪《のろ》われた魔剣】を見せびらかすという作戦もあるが、魔剣も魔剣で見た目が最悪。

まるで魔人の神器みたいなので、そんな物騒な神器を持っていたら人が寄り付かないだろう。

ていうか試験前に魔剣を使いたくない。なるべく温存しておきたいから。

そもそも、知らない人に話し掛けるという壁が僕にとっては高すぎるぞ！

どど、どうしよう……？

周りを見ると、さっそくパーティーを組んで七色森に向かう参加者たちがいた。

必然と焦りを覚えさせられる。

僕も早く仲間を！　と思ってあちこち見回していると、突然どこからか……

「はぁ⁉　だからさっきから嫌だって言ってんでしょ！」

怒りに満ちた少女の声が聞こえてきた。

あまりにその声が響いたので、僕だけではなく周りの人たちもそちらに目をやる。

するとそこには……

「わ、私を、パーティーに入れてください……」

三人でパーティーを組んでいると思しき少女たちと……

そのパーティーに対して涙目で懇願している、『大きな盾』を背負った一人の少女がいた。

「……何かあったのかな?」

三人組のうちの二人は、おそらく双子の姉妹だろうか。

背が低く、つり目っぽい顔立ちがそっくりである。

着ている服も黒色の長いドレスでお揃いになっていて、見分けられる違いは、赤ポニーテールと青ポニーテールの髪色くらいだろうか。

背中に吊《つ》るしている『大鎌』の神器も、顔立ちと同じように瓜二《うりふた》つだ。

そして二人の前に立っているのが、リーダーと思われる紫髪の少女。

魔法使いが好んで着ているローブをミニスカートのように仕立てていて、それを自然と着こなしている。

先ほど怒りの声を上げた張本人だ。

その理由はおそらく、三人の前に立っている銀髪の少女のせいだろう。

輝くような銀色のショートボブヘアに、年端もいかない童顔。

非力そうに見えるあまり、背中の『白い大盾』がなんとも不釣り合いだ。

彼女は紫髪の少女の前に立ち、申し訳なさそうな様子で涙目を浮かべている。

「なんであんたみたいなポンコツを私たちのパーティーに入れなきゃなんないのよ! ふざけんじゃないわよ!」

そう言われた銀髪少女は、背中の大盾をビクッと揺らしながら縮こまった。

聞く限り、盾の少女が三人組に対して、パーティーに入れてくれるように頼んでいるのだろう。

そしてリーダーの紫髪の少女が、それをひどく嫌がっている。

理由は定かではないが、断るにしても言い方というのがあるのではないか？

少し不快な思いで見守っていると、銀髪少女がまたしても頭を下げた。

「わ、私を、パーティーに……」

「だからしつこいって言ってんでしょ！　あんた、自分がどれだけ無能な存在かわかってないんじゃないの⁉」

そのひどい言い草は、さらに続いた。

「いい？　冒険者っていうのは魔族を倒す職業なの。それなのに魔族を一匹も倒すことができない『盾の神器』なんて持ってるあんたが、冒険者になんてなれるはずがないでしょ？」

「……」

というリーダーの声に対して、後ろの双子姉妹がこくこくと頷《うなず》く。

どうやらあの四人は知り合いのようだ。

銀髪少女の背中の大盾を『神器』と言い切ったところを見ると、ただの顔見知りという程度ではないだろう。

友達……はさすがに見当違いか。

ていうか『魔族を一匹も倒すことができない』ってどういう意味なんだろう？

「今回の試験は魔物討伐が前提になってるの。もし協力するなら戦闘能力が高い人が望ましい。それなのに魔族を倒せないあんたと組んでも、メリットがまったくないわ。ただでさえ人数分の試験人形を集めないといけないいんだし……」

もし彼女の言う通り、盾の少女が一匹も魔族を倒すことができないとしたら、確かに今回の試験では不利な点が多い。

パーティーを組んだとしたら、試験人形を一人分多く確保しなければならない。ゆえにパーティーに加える人間は厳選するのが基本だ。

言い方はどうあれ、正論のように思える。

そんな中で盾の少女は、それでも紫髪の少女に涙目で懇願した。

「で、でも、私には『守る力』があるので、皆さんを魔物たちから……」

「あぁもう！　何が『守る力』よ！　そんなの私たちには必要ない！　ていうかチンタラしてらんないのよ！　いいから退きなさいよこのポンコツ！」

痺《しび》れを切らした彼女は、いよいよ右手を振り上げた。

こればかりはさすがに、見ているだけではいられなかった。

内心緊張しながら、僕は少女たちの間に割り込み、リーダーの平手を掴《つか》み取る。

盾の少女の頬《ほお》を叩《たた》こうとしていた手を、寸前のところで止めると、彼女は怒りに満ちた目を僕に向けてきた。

「……誰《だれ》よあんた？」

「同じ試験参加者のラスト・ストーンだ」

「そう。で、いったい何の用かしら？　この手は何？」

「それはこっちの台詞《せりふ》だよ。これはさすがにやりすぎだ」

彼女の言い分もわからないではない。

気に食わないのであれば、盾の少女をパーティーに入れる必要もないと思っている。

しかし暴力を振るうのだけは看過できない。

いくらしつこいといっても、それだけはしてはいけない。

紫髪の少女に負けじと、強い視線を返していると、やがて彼女は舌打ちまじりにこちらの手を振り解いてきた。

「あんたには関係ないでしょ。ていうか、誰に何を言われても、私はこいつをパーティーには入れないわ。それにやりすぎてるだなんて思わない。悪いのはこいつなんだから」

「……」

ちらりと盾の少女を一瞥《いちべつ》すると、彼女はバツが悪そうに目を落としていた。

自分でもしつこいという自覚があるのだろうか。

だからってそんな顔しなくても……

「あんたも冒険者志望ならわかるでしょ？　盾の神器なんて持ってるこいつの無能さが。それなのにこいつときたら、他に話せる人間がいないからって、同じ村の出身者である私たちを当てにしようとしてるのよ。自分一人じゃ魔物を一匹も倒せないし」

……なるほど。

同じ村の出身者だから、彼女たちはお互いのことを知っていたのか。

そして盾の少女は、他に頼れる人がいないから三人組に声を掛けたってことか。

それなら尚更《なおさら》、同じ村の出身者として無下にするのは残酷ではないだろうか。

まあ同じ村の出身だからこそ、何かしらのわだかまりがあるのかもしれないけど。

というか、僕と盾の少女を睨《にら》みつけるその表情が、それを顕著に物語っている。

「わかったならあんたも退きなさいよ。それとも、なんだったらあんたがこのポンコツと一緒に試験を受けてみる？　ノロマで無能のこいつと一緒に、この試験に合格できると思う？」

という挑発じみた声を受けて、僕は再び盾の少女を一瞥した。

他の人たちとは比べ物にならないほどの自信のなさ。

戦闘慣れしているとも思えないひょろりとした体つき。

ポンコツ、ノロマ、無能。魔族を一匹も倒せない盾の神器の持ち主。

そう評された彼女をじっと見つめた後、僕は〝うん〟と大きく頷いた。

「それじゃあ、そうさせてもらおうかな」

「はっ？」

「ねえ君、もしよかったら僕とパーティーを組んでくれないかな？　僕もちょうど仲間を探してたところだし、一緒に冒険者試験を受けてみようよ」

「はあっ⁉」

驚きの声を上げたのは、紫髪の少女だった。

盾の少女はと言うと、呆気《あっけ》にとられた様子でポカンと固まっている。

驚くのも無理はない。悪意があるとはいえ、ここまで無能だのポンコツだの言われている少女を仲間に入れるなんて、ふざけているとしか言いようがないから。

周りを見てみると、僕たちの会話を聞いていた参加者たちも、僕の言動に驚愕《きょうがく》している様子だった。

僕は反応を示してくれない盾の少女に対して、最後の一押しをした。

「だってさ、たぶん僕たち、すごく相性がいいと思うんだ！」

「……は、はいっ⁉」

今度こそ盾の少女は、驚きの反応を僕に見せてくれた。

「うぅ〜ん、普通に落ちてはなさそうだね、試験人形」

「……そ、そうですね」

試験開始からおよそ三十分。

僕は盾を背負った少女と共に、七色に光る森の中を歩き回っていた。

危険域《エリア》『七色森』。

草木が色とりどりの宝石のように輝いている森で、この辺りの観光名所にもなっているそうだ。

しかし魔物が蔓延《はびこ》っているせいで、一般の人たちは中に立ち入らないように注意喚起もされている。

僕らはそんな森の中に入って、木々の裏や茂みの中を覗《のぞ》いて回っていた。

目的はもちろん『試験人形』探しだ。

しかし一向に見つからない。

やっぱり冒険者試験は一筋縄では行かないようだ。

試験官さんの言っていた通り、魔物が拾って持ち歩いている可能性が高そうである。

「魔物と戦わずに済むならそっちの方がいいと思ったんだけど、どうやらそう簡単にはいかないみたいだね。ここからは積極的に『コボルト』っていう魔物を探してみよう」

「……」

盾の少女からの返事はなかったが、僕はそのまま森の奥へと進んでいった。

先ほどからなんだか様子がおかしいな。やけに口数が少ないし、いったいどうしたのだろう？

結局あの後、この子は僕からの誘いを受け入れてくれた。

それで無事に仲間になることができて、今は二人で試験人形を探しているが、少女の顔はどこか浮かない。

もしかして僕と組むのが嫌だったのかな？

あの時はその場の雰囲気に流されて了承してくれただけで、こうして実際にパーティーを組んで嫌だと思ってしまったとか。

僕はできれば彼女と一緒に試験を続けていたいけれど、もし向こうが嫌なら解散もやむを得ないな。

なんて思っていると、ようやく向こうから声を掛けてくれた。

「あ、あの……」

「んっ？」

「私たちの相性がいいっていうのは、いったいどういうことなんでしょうか？」

「えっ？　あぁ……」

今さらながらのことを聞かれてハッとなる。

そういえばその説明をしていなかったな。

パーティーへの誘い文句として言ったのに、ここまで言及がなかったので説明不足のままだった。

僕としたことが抜けていたな。ていうか『相性がいい』って、聞き取り方によっては変な誤解が生まれそうだな。

もしや先ほどからこの子の口数が異様に少なかったり、様子がおかしかったのはそれが原因か？

よくよく見れば頬《ほ》っぺたが赤いような気がするし。

だから僕は遅まきながらだけど、慌ててその説明をしようとした。

「ぼ、僕たちの相性がいいっていうのはね、別に変な意味じゃなくて……」

しかし、その寸前……

盾の少女がハッとしたように声を上げた。

「ま、魔物ですっ！」

「えっ？」

その瞬間、後方の茂みから〝何か〟が飛び出して来た。

「グガァッ！」

盾の少女の叫びは正しく、茂みから飛び出して来たのは狼《おおかみ》のような魔物だった。

体の大きさは僕とほとんど変わらないくらいで、大きな口を開けて牙《きば》を光らせている。

そして飛び出して来た勢いのまま、僕の頭に喰《く》らいつこうとしてきた。

すかさず僕は背中に右手をやり、【さびついた剣】を引き抜く。

「そ、そんなボロボロの神器じゃ――――！」

盾の少女は僕の神器を見るや、明らかに動揺した。

当然の反応だ。見た目で判断するなとはよく言うけれど、神器においては見た目以上に信用できる判断材料もない。

初めて見たならなおさら、この神器で魔物に対抗できるとは思えないはずだ。

だから少女は慌てて大盾を構えて、僕と魔物の間に入ってこようとするが、僕は左手をかざしてそれを制した。

「大丈夫……」

戦意を抱いた瞬間、【さびついた剣】から黒い光が放たれる。

卵の殻を破るように錆が落ち、内側に隠されていた真の姿を僕らの前に晒《さら》した。

「はあっ！」

そして僕は、眼前の狼に剣を振るう。

まるで空気を引き裂くかのようにあっさりと狼の体を両断すると、奴《やつ》は光を散らして完全に消滅した。

ポトリと魔石が地面に落ちるのを見つめながら、盾の少女は唖然《あぜん》とする。

「す、すごい……」

魔物を一撃で倒したことに驚いている、と言うより、僕の神器それ自体に衝撃を受けているようだ。

錆《さ》び付《つ》いた剣から一転、魔人の神器のような剣に変わったのだから、その驚きも当然と言えば当然か。

そもそも姿が変わる神器なんて、僕も聞いたことがなかったし。

だから僕は急いで説明をした。

「これが僕の神器の【呪《のろ》われた魔剣】だよ。変化する前はボロボロの【さびついた剣】で、ろくに戦えないんだけど、『進化』っていうスキルを使うことでこの姿になるんだ。びっくりさせてごめんね」

「……そ、そうなんですか」

驚いてはいるようだが、別に怖がられてはいないみたいだ。

はぁ、よかった。魔人の神器みたいだからと逃げられてしまったらどうしようかと思った。

とりあえずの不安を解消すると、盾の少女が【呪われた魔剣】を見ながら首を傾《かし》げた。

「で、でしたら、ずっとその状態にしておいた方がいいのでは？　どうしてわざわざボロボロの神器に戻していたんですか？」

確かに、彼女の疑問も当然だ。

今はたまたま間に合ったのでよかったけれど、もし対応が追いついていなかったら頭を喰《く》われていた。

【さびついた剣】のままでいるより、【呪われた魔剣】の状態にしておいた方が利口である。

「この神器、使いすぎると頭が痛くなるんだよ。それこそ意識が無くなっちゃうくらいに」

「えっ……」

「今はいいところ三十分くらい……かな？　それ以上持続して使い続けると気を失っちゃうんだ。だからずっとこの状態にしておくことはできないし、戦いが終わったらすぐに【さびついた剣】に戻すようにしてるんだよ。頼りなくてごめんね」

思わず苦笑が漏れてしまう。

本当、情けないことこの上ない。

常に危険が付き纏《まと》う戦場で、たったの三十分しか戦えないなんて大問題だ。

こうして戦う時だけ【呪われた魔剣】を出すという節約方式を使わなければ、おそらくすぐに意識が飛んでしまうことだろう。

「あっ、もしかして、私たちの相性がいいっていうのは……」

「そうそう。僕が疲れて【呪われた魔剣】を使えなくなっちゃったら、その間は君の盾で守ってほしいんだ。しばらく休めばまた使えるようになるからさ。まあ、すごく情けないことを言うようだけど、【さびついた剣】の時の僕って、とんでもなく無能だから」

自嘲《じちょう》的な笑みを浮かべてしまう。

紫髪のあの少女の悪い口が移ったかな？

しかし実際無能なことに変わりはない。

だから盾の少女に協力してもらえればすごく助かるのだ。

という今さらの解説を終えると、少女は得心がいったように晴れた顔で頷《うなず》いた。

「わ、わかりました。私にできることがあるなら、精一杯やらせていただきます」

「うん、よろしくね！　あっ、えっと……」

今さらながらの疑問はまだ残っていた。

「そういえば、まだちゃんと自己紹介してなかったね。僕はラスト。ラスト・ストーン。君の名前は？」

「私はダイヤです。ダイヤ・カラットと言います。よろしくお願いします、ラストさん」

「こちらこそよろしくだよ」

僕は笑みを浮かべて、改めてダイヤと握手を交わした。

本当によろしく頼ませてもらう。

先ほど彼女にも言ったように、僕の神器には致命的な弱点がある。

それを補完してもらえなければ、最悪この試験中に命を落とすことだって考えられるのだ。

冒険者試験を受ける注意として、身の安全は保証されないというのが前提である。

そんな中で一定時間しか力を使えない僕は、とんでもなく弱い存在だ。
頼れる仲間もいないし、安定した力もない。
そこに降って湧《わ》いた『盾の神器』を持つ少女。
これほど僕の仲間にうってつけの人材もいないだろう。
まあ、ダイヤを仲間に誘った理由は、それだけでもないんだけどね。
なんか、昔の僕を見ているみたいで放っておけなかったんだ。
周囲まで響く大声で罵《ののし》られて、目に涙を浮かべていたダイヤ。
いじめられていた時の僕にそっくりで、何かをしてあげたいと思った。
ああいう時、誰かが手を差し伸べてあげないと、当事者はとても心細いから。
あと単純に、ダイヤが一番声を掛けやすかったからね。
「さっ、今さらの自己紹介が済んだところで、人形探しを再開しようか」
と言って、改めて歩き出そうとしたが……
なんとまたしても後方の茂みから、ガサッと魔物が飛び出して来た。
しかし今度は狼《おおかみ》ではなく、〝小人〟のような魔物だった。
痩《や》せこけた顔に、長く尖《とが》った鼻。
麻のような素材の腰巻をしていて、目深にとんがり帽子を被っている。
「ケケッ！」
まるで悪戯《いたずら》好きの子供のような声を上げて、そいつは僕たちに襲い掛かってきた。

小さな拳《こぶし》を振り上げて、僕に飛び掛かってくる。

「危ないですっ！」

迎撃しようと剣を構えかけたが、それよりも先にダイヤが僕の前に出た。

魔物の襲撃を予知していたかのような、素早い反応と動き。

彼女は四枚の白い花弁が開いたような大盾を持ち、正確に小人の攻撃をその盾で受ける。

『ガンッ！』と甲高い音が一度響いただけで、小人の攻撃を完全に無効化した。

「おぉ……」

後ろでそれを見守っていた僕は、思わず感嘆の声を漏らす。

基本的に魔物からの直接攻撃は、神器で受けなければならない。

神聖力が宿っていない普通の武器で魔装を傷付けることができないのと同様、普通の防具で魔物による攻撃を防ぐことは困難なのだ。

まるで紙切れ同然のように、鎧《よろい》や盾は容易《たやす》く貫かれてしまう。

そうなると必然、剣の腹や槍《やり》の柄で防御することになり、防げる面は限りなく少なくなってしまう。

それに比べて盾の神器で攻撃を防ぐのは、なんだか安心感が強いな。

そのため、大盾を構えて前に立つダイヤの背が、途端に頼もしく映ってくる。

「ケケケケケッ！」

すると小人は、攻撃が防がれても怯《ひる》まずに、ダイヤの盾にしがみついた。

そして『ガンガンガンッ！』と盾の表面を激しく叩《たた》き続ける。

不気味な笑い声を上げながら少女に襲い掛かるその姿は、まさに異常と言わざるを得ない。

「ひ、ひぃぃぃ！」

ダイヤは明らかに怯《おび》えた様子だが、それでも盾を構え続けて攻撃を防いだ。

魔物と戦っているはずなのに、なんだか子供とじゃれているようにしか見えない。

それほど強い魔物ではないのかな？

にしても『ひぃぃ』って、頼もしいのやら危なっかしいのやらわからなくなってくるな。

って、そんな悠長に構えている場合ではない。

「ダイヤから離れろ！」

遅まきながら小人に対して剣を振ると、奴《やつ》は素早く反応して盾から離れた。

近くにダイヤがいて危なかったので、全力で振ることはしなかったが、それでもかなりの速度で攻撃したはず。

それをギリギリで避けるとは、見た目通りなかなかすばしっこい奴だな。

「ケケッ！」

するとまたしても奴は、拳を振り上げて僕に襲い掛かってきた。

再びダイヤが間に割って入ってこようとするが、僕は左手をかざして制止する。

今は問題なく【呪《のろ》われた魔剣】を使うことができるので、さっきみたいに守ってもらう必要はない。

今度こそ見事に迎撃してみせる。

というわけでまずは、小人の正拳突《つ》きを【呪われた魔剣】で防ぐことにした。

『ガンッ！』と刃の腹に小人の拳が突き立つ。

「うおっ！」

意外にも重たい攻撃で、思わず僕は目を丸くした。

見た目からして軽いものと思っていたが、予想以上に重たい。

小人のような形とは言え、魔物は魔物なんだな。

ていうかダイヤはこんなに重たい攻撃を連続で防いでいたのか。

さすがは盾の神器の持ち主。

しかし僕も魔剣の神器の持ち主として、負けてはいられない。

「はあっ！」

僕は剣にしがみついている小人を、神器ではなく〝左の拳〟で全力で殴り飛ばした。

【呪われた魔剣】の恩恵で、僕の筋力は格段に上昇している。

神器とは違って魔装に傷を付けることはできないが、相手を吹き飛ばして怯ませることは充分に可能だ。

その思惑通り、小人の魔物は呻《うめ》きを漏らし、後方の大木まで吹き飛んでいった。

木に激突した衝撃で、一瞬動きが止まる。

その隙に僕は、一気に距離を詰めた。

「くらえっ！」

奴は素早い。それは先ほどまでの動きを見て重々理解している。

だから一瞬、動きが止まっているこの瞬間で、勝負を決めるんだ。

僕は【呪われた魔剣】を左腰まで振り切り、今度こそ全力で小人を斬り付けた。

「ケ……ケッ……」

一撃で両断された奴は、それでも笑い声のような呻きを漏らした。

そして光の粒となって消滅する。

無事に倒せたことを確信すると、僕は【呪われた魔剣】を【さびついた剣】に戻して、背中の鞘《さや》に収めた。

魔剣状態を維持していたのは三分程度だったかな。

まだ重たい頭痛を感じるほどではないけど、油断していると一気に来るので注意しておきたい。

適度にこうして【さびついた剣】に戻して精神の回復を図るようにしよう。

「ふぅ、お疲れ様ダイヤ」

「はい。お疲れ様です」

「なんか不気味な魔物だったけど、なんだったんだろうね、今の？」

「さ、さあ……？」

お互いの健闘を称《たた》え合った僕たちは、小人が消滅した場所を見つめて首を傾《かし》げた。

今の魔物は、いったい何が目的だったのだろう？

狼《おおかみ》の魔物はわかりやすく僕たちのことを殺そうとしてきたが、なんだか小人の魔物からは別の意思を感じたような気がする。

僕たちを傷付けるのは二の次のような……

あっ、いやいや、今はそれよりもダイヤに言っておきたいことがあった。

「それにしても、すごいねダイヤ」

「えっ？」

「さっきの魔物の攻撃が、まるで効いていなかったじゃないか。あれだけボコボコに殴られてたのに」

「……ど、どうもです」

ダイヤはわかりやすく頬《ほお》を赤らめ、盾の裏に顔を隠してしまった。

直球で褒めてしまったので、恥ずかしがらせてしまったらしい。

それはいいとして、僕は彼女の持っている盾を見ながらさらに続けた。

「神器の耐久値とか大丈夫だった？　もし壊れそうになったら、無理をせずに言ってね。危険域《エリア》の中で神器破壊なんてことになったら一大事だし……」

必要になったら教会に行くことも考慮しておかなければならない。

町まで戻って、教会で神器を直して、また七色森まで来るのは時間的に厳しいけれど、命には変えられないし。

「まあ、もし神器が壊れても、町に戻るまでの間なら逆に僕がダイヤのことを守るから、安心して……」

「あっ、いや……神器の耐久値でしたら、心配はいらないと思いますよ」

「えっ？」

盾の裏から顔を覗《のぞ》かせたダイヤは、けろりとした顔でそう言った。

耐久値の心配がいらない？

何をもって、そんなけろりとした顔で今の台詞《せりふ》を口にしたのだろう？

「ラストさんの神器についても教えていただいたので、お返しということで……どうぞ見てください」

ダイヤはそう言って、僕の方へ盾を差し出してきた。

これに触れて、性能《プロパティ》を確認しろと言いたいのだろうか？

神器はいわば、その人間の才能。

その性能《プロパティ》を見るということは、内側をさらけ出すのと同じなので、見られることをひどく嫌う人も少なくない。

けれど今、同い年くらいの女の子から、その性能《プロパティ》を見てと言われている。

じゃ、じゃあ、遠慮なく……

というわけで僕は、白花のような盾にそっと触れ、性能《プロパティ》を確かめてみた。

名前：不滅の大盾

ランク：A
レベル：5
神聖力：0
恩恵：力＋50　耐久＋240　敏捷《びんしょう》＋0　魔力＋50　生命力＋220
魔法：
スキル：【不滅】
耐久値：∞／∞

「……えっ？」

盾の性能《プロパティ》を見た僕は、思わず目を見張った。

なんだこの耐久値は？　見たこともない数値を示しているぞ？

性能《プロパティ》に異常でも出ているのだろうか？

それにこの【不滅の大盾】とやら、なんと驚いたことに『Aランク』の神器じゃないか。

ルビィの【炎龍の大剣】と同じ、最高位のランクの神器。

類い稀《まれ》なる才能を宿している確かな証拠。

おまけに、見たこともないスキルが神器に宿っている。


【不滅】

・神器の耐久値が減少しない
・装備者に毒耐性付与
・装備者に呪《のろ》い耐性付与

「【不滅】っていうスキルの効果で、私の盾は耐久値が減少しないようになっているんです。そのせいか性能《プロパティ》の耐久値も変な数値を示していますし。それと毒や呪《のろ》いも、私には効きません。というわけでまあ、神器も私も壊れる心配がまったくないんですよ」

「……」

さも当たり前のようにそう語る銀髪少女。

自分が何もおかしいことを言っていないような様子。

見るからに彼女は神器や戦闘に関しての知識が乏しいように思える。

だから何もわかっていないのは無理もない。

そんな子に対して僕は、改めて自身の凄《すご》さをわからせるように口を開いた。

「この【不滅の大盾】、とんでもない神器じゃないか！」

「えっ？　そ、そうなんでしょうか？」

「そうだよ！　確かに神聖力がなくて魔族を倒せないかもしれないけど、神器が壊れて恩恵を失う心配がないし、装備者にあらゆる耐性が付与されるみたいだし、まさに不滅の盾じゃないか！

『自分には守る力がある』って、もっと自信を持って言えばよかったのに！」

「……」

ベタ褒めすると、ダイヤはぽかんと口を開いて固まってしまった。

やがて熱を帯びた鉄のように顔を赤く染めていき、再び盾の裏に表情を隠してしまう。

何をそんなに恥ずかしがることがあるのか。もっと自信を持てばいいのに。

あの三人組に対しても、すごく自信なさげに『私には守る力がある』と言っていた。

自分の力を正しく自覚し、胸を張ってアピールしていればあんなことにはなっていなかったかもしれないのに。

それくらい、この子の才能は光るものがある。

なんだか僕は、皆が見つけられなかった財宝を、一人だけ見つけてしまったような気分になった。

「ほ、褒めすぎですよラストさん。別にそこまで騒ぐようなことじゃ……」

「いやいや、ダイヤは自分の凄さを自覚した方がいいよ。それに、まだまだレベルも上がりそうだし、〝魔力〟の恩恵も少しはあるみたいだから、いずれは強力な付与魔法《エンチャント》も覚醒《かくせい》するんじゃないかな？　すごく楽しみだね！」

「……エ、付与魔法《エンチャント》は基本的に、神聖力上昇や特殊攻撃のための魔法ですので、盾の神器に宿る望みは薄いんじゃないかと」

でも神器のランクはAなので、何かしら新しい力に目覚める可能性は充分高い。

今後にも期待ができるということで、本当に色々楽しみな神器だな。

あとはダイヤが自分の力に〝自信〟を持って、皆の前に立つことができれば……

過去のどの英雄たちよりも多くの人間を守ることができるかもしれない。

ともあれ、二度の戦闘でお互いの力を再確認した僕たちは、改めて『試験人形』の捜索を再開することにした。

と、再び歩き出そうとした瞬間……

「んっ？」

視界の端に〝何か〟が映り、僕は反射的に足を止めた。

先ほどの小人の魔物が飛び出してきた茂みの中。

そこから何やら目を引くものが……具体的に言うと人の〝手〟のようなものが見えていた。

思わず驚きの声を上げそうになってしまうけれど、その手がどこか無機質なものに見えて僕は目を凝らす。

「あれって……？」

茂みに近づき、その手を引っ張ってみる。

するとそこから出てきたのは、ゴスロリ服を着た女の子の人形だった。

どこかで見たような人形……

「これってもしかして、冒険者試験に合格するための『試験人形』？」

「……だと、思いますけど」

ダイヤと顔を見合わせて確認をとる。

やっぱりこれ、試験官さんが持っていた試験人形と同じものだ。

なんでこの茂みの中に？

「あの小人さんが持っていたものなんでしょうか？　先ほどはこの茂みから飛び出して来ましたし……」

「あっ、そういうことか。じゃあさっきの小人の魔物が、試験官さんの言っていた『コボルト』ってことかな？」

「そう……みたいですね」

なるほど。これで合点がいった。

あの小人の魔物がコボルトなら、僕たちの神器にしつこくしがみついてきたのも納得できる。

人間の持っているものを盗み取る習性がある魔物。

あれは僕たちの手から神器を奪おうとしていたのだ。

装備している神器も例外なく奪おうとするみたいだな。

下手《へた》をしたら【呪われた魔剣】や【不滅の大盾】が奪われていたかもしれない。

それで半装備状態にされていたら、まともに戦えなくなっていたところだ。

何事もなく終わってよかった。

「とりあえずこれで一つ目だね。この調子で早いところもう一つ見つけて、二人で試験に合格しちゃおう」

「は、はい！」

というわけで僕たちは『試験人形』を一つ獲得したのだった。

続いて二つ目の人形探しを始める。

二人で試験を受けているので、確実にあと一つは確保したい。

でももし時間に間に合わなくなりそうだったら、この一つはダイヤに譲ることにしよう。

正直な話、僕よりもダイヤの方が才能に恵まれている気がする。

先に冒険者になるとしたら彼女の方が断然いい。

彼女の力を皆が知れば、多くのパーティーから勧誘の声が掛かることだろう。

もっと言えば、仮にこの試験に落ちてしまったとしても、誰かのお眼鏡に適《かな》えば推薦をもらえる可能性だってあるのだ。

そんなダイヤを差し置いて僕だけ合格するわけにはいかない。

なんて思いながらも、試験人形探しを再開しようとした時……

「あらダイヤ、こんなところで奇遇ね」

突然後方から、女の子の声が聞こえてきた。

完全に油断していた僕らは、慌てて後ろを振り返る。

するとそこにいたのは……

「えっ……?」

試験開始時、ダイヤからの懇願を残酷にも一蹴《いっしゅう》した、あの三人組の少女たちだった。

紫色の長髪を靡《なび》かせる華やかな少女。

ミニスカートのようにした短い魔術師ローブを着こなし、後ろには大鎌を背負った姉妹を侍らせている。

目を見張って彼女たちを見ていると、横に立つダイヤも同様に驚いた。

「ア、アメジストさん、どうしてここに……？」

どうやら紫髪の少女はアメジストと言うらしい。

ダイヤの呟《つぶや》きを聞いて、改めて目の前の少女の名前を知ることができた。

で、そのアメジストさんとやらが、どうしてここにいるのだろうか？

現在、冒険者試験が執り行われているこの七色森は、他の危険域《エリア》と比べてもかなり広大だ。

そんな中で、試験開始時にいざこざを起こした連中とばったり鉢合わせるなんて、奇遇なんてものではないだろう。

僕たちのことをつけてきた？　その可能性はある。

「まさか本当にその男と試験を受けるだなんて、最初は驚いちゃったわよ。よくここまで無事でいたわね。ポンコツダイヤのくせに」

「……」

嘲笑《あざわら》うようにアメジストは言い、ダイヤはそれを受けて居心地《いごこち》悪そうに目を伏せた。

試験開始時にも思ったが、本当に仲が悪いなこの二人。

アメジストの後ろの二人も面白がるように見守っているだけなので、同じようにダイヤのことをよく思っていないのだろう。

まさかこんなことを言うためにわざわざ声を掛けてきたのか？

すると今度は、アメジストの嘲笑《ちょうしょう》の視線が僕に注がれた。

「それにあんたも、私の忠告も聞かずにダイヤを連れて行くだなんて、相当な間抜けよね。どう、無能を抱えた今の気持ちは？　それともまさか、ダイヤちゃんに一目惚《ひとめぼ》れでもしちゃったのかしらぁ？」

わかりやすい挑発。

なんだか懐かしい気分だな。

幼い頃《ころ》からずっといじめられてきて、ヘリオ君や他の子たちから飽きるくらいイビられたものだ。

僕は人知れずため息を吐きながら、横のダイヤをちらりと一瞥《いちべつ》した。

「一目惚れって言ったら、そうかもしれないね」

「えっ？」

「僕はダイヤに一目惚れして、一緒に試験を受けるように仲間に誘ったんだ」

「ラ、ラストさんっ⁉」

ダイヤは真《ま》っ赤《か》になって驚いた。

対して僕は、ダイヤが恥ずかしがると思いつつも、彼女の持つ【不滅の大盾】を見つめながらさらに続けた。

「だって、盾の神器なんて、他の誰《だれ》とも違う立派な才能じゃないか。それを持っているダイヤを見た時、是非仲間になってもらいたいと思ったよ。他の誰もダイヤのことを仲間に誘わなかったのが不思議なくらいだ」

「そ、そっちですか……」

途端にダイヤは気落ちしたように肩を落とす。

なんだか感情の起伏が激しいな、なんて思いながら、これでも足りないと思ってアメジストに言い放った。

「それにね、知れば知るほどダイヤが凄い女の子だってことがわかったし、ダイヤはあんたが言ってるような無能でもポンコツでもないよ。優しくて、頼り甲斐《がい》があって、前に立ってみんなのことを守れる、冒険者になるべき女の子だ！」

「……ラストさん」

試験開始からおよそ三十分ちょっと。

一時間にも満たない間しか一緒に行動していないけれど、ダイヤの良い所は探そうとしなくてもたくさん見つかった。

第一印象の臆病《おくびょう》で内気な性格は変わらないままだけど、だからこそふとした瞬間に見える優しさと頼もしさに僕は心を打たれた。

彼女のような人間こそ、冒険者になるべきだと僕は思う。

その正直な気持ちを、目の前のアメジストに叩《たた》きつけた。

「あはっ！　お熱いこと言ってくれるわね。村じゃ泣き虫でいじめられっ子だったこいつに、よくそこまで加担できるものね。どうせ冒険者になんてなれやしないのに」

「そんなのやってみなくちゃわからないだろ。それもこれも試験が終われば全部わかる。ダイヤが冒険者になることができれば、僕が言ったことの証明にもなるはずだからな」

「ええ、まあ、それもそうね」

アメジストは素っ気ない返事をしてくる。

その後、奴《やつ》はじっと僕たちのことを見据えてきた。

彼女たちとの間に、妙な緊張感が漂う。

いったい何を考えているのだろう？　と疑問に思っていると、突然アメジストが……

「それじゃあ、今ここでそれを証明してもらおうかしら」

「えっ？」

不気味な笑みを浮かべた。

刹那《せつな》、ダイヤが盾を構えて僕の前に出る。

「退がってくださいラストさん！」

呆然《ぼうぜん》とする僕を置き去りに、アメジストが右手を前に突き出した。

「【紫電《ライラック》】！」

瞬間、奴の手の平から紫色の雷が放たれた。

轟音《ごうおん》と共に飛来する稲妻は、瞬く間に僕らの眼前まで迫ってくる。

しかしそれを先読みしていたダイヤは、【不滅の大盾】で雷撃を受け止めた。

瞬間、雷が落ちたと思える激音が耳を襲ってくる。

「うっ……！」

ダイヤは僅《わず》かに顔をしかめたが、それだけでアメジストの放った紫電《しでん》を止めてみせた。

すごい。おそらく今の状態の僕が受けたら、一瞬で気を失うだろう一撃。

それを微動だにせず耐え抜くなんて。

しかしそれと同様に、相手の一撃も凄《すさ》まじいものだった。

今の紫色の雷は『魔法』？　しかも手の平から直接放ってきた。

ていうかこいつ……

「なに驚いた顔してるのよ？　あんたたちが人形を持ってるのは知ってるわよ。私たちもまだ一つしか人形手に入れてないから、遠慮なく奪わせてもらうわよ！」

そう言ってアメジストは、続け様に紫電を放ってきた。

一撃、二撃、三撃と雷光が瞬く。

そのすべてをダイヤが【不滅の大盾】で防ぎ、そんな圧巻の光景を前に僕は歯を食いしばった。

こいつらは初めから僕たちの試験人形を狙《ねら》っていたのだ。

より厳密に言えば、僕たちの妨害を企《たくら》んでいた。

その上で自分たちが合格できれば万々歳。とでも考えているのだろう。

たぶん開始時からつけられていたんだ。そうじゃなきゃ偶然この三人に見つかるはずがない。

「さっすが盾使いのダイヤちゃん。でも防いでるだけじゃ勝負には勝てないわよ。それで本当に冒険者になれるのかしら！」

「くっ……！」

こうなったら、戦うしかない。

わざわざ僕たちを狙ってやって来たのは、相当な憎悪を抱いている証拠。

ここで逃げてもまたきっと襲い掛かってくる。

そもそも逃げ切れるとも思えない。僕だけならまだしも、大きな盾を持ったダイヤには難しい話だろう。

躊躇《ちゅうちょ》している場合ではないな。

「ダイヤ、アメジストの神器は⁉」

「えっ？」

「こうなったら戦うしかない！　あいつの神器を破壊して無力化するんだ！」

基本的に対人戦は、神器を破壊した方の勝ちとなる。

言い方を変えれば、神器を破壊された方の負けだ。

神器から与えてもらっていた恩恵が消えるばかりでなく、魔法もスキルも使えなくなって、神聖力も失われる。

ゆえに神器は破壊することでガラクタと化し、相手を完全に無力化できるのだ。

冒険者が背教者《レネゲイド》を捕縛する際も、なるべく神器を破壊して無力化を図っている。

だから僕も同じようにしてアメジストの神器を破壊するべく、奴の神器についてダイヤに尋ねた。

同じ村の出身者で知り合いということもあり、ダイヤは奴の神器について知っていると思った。

見る限りでは何が神器で、どこに装備しているかわからない。今はダイヤだけが頼りだ。

「……」

しかし問われた彼女は、明らかに戸惑っていた。

アメジストの神器を知らないのか？　いや、そういう反応じゃない。

僕が口にした『戦うしかない』という言葉に、ひどく戸惑っているように見える。

彼女たちと戦うなんてとんでもない。そう言わんばかりの表情だ。

まあ、アメジストたちに大きな苦手意識があるのは見ていればわかる。

僕だってもしヘリオ君と戦えと言われたら、今までのこともあるので躊躇してしまうだろうな。

やっぱり、ダイヤを彼女たちと戦わせるのはやめた方がいいかもしれない。

かなり惜しいけれど、安全を期すなら『試験人形』を連中に渡してしまって、この場を穏便に収めた方がいい。

その後再び二つの試験人形を探すのは、困難を極めるだろうけど。

と、人知れず僕が弱気になっていると、ダイヤが意を決した顔で叫んだ。

「【紫電《しでん》の腕輪】という名前の、左手首に付いているあの〝腕輪〟です！　お願いしますラストさんっ！」

ダイヤのその叫びからは、強い覚悟が伝わってきた。

ここで立ち向かわなければ冒険者になれない。なれるはずがないという覚悟が。

すかさず僕はアメジストの左手首に目を向けて、紫色の腕輪を確認する。

「……やっぱり〝触媒系〟の神器か」

雷撃を撃ち込んできたので、まあそうだろうとは思っていた。

触媒系の神器は、装備することで神聖力の宿った魔法を使えるようになる。

武器系に宿る付与魔法《エンチャント》よりも、自由度の高い魔法を操れるようになるのだ。

今のアメジストのように、手の平から雷を放つこともできてしまう。

武器系の神器と違って遠距離からの攻撃もできるので、厄介な面が大きい。

しかしだからといって、触媒系の神器が武器系の神器に完全に優《まさ》っているとも言い難い。

触媒系の神器は武器系の神器に比べて、遥《はる》かに〝脆《もろ》い〟からだ。

耐久値の数字はせいぜい二桁《ふたけた》ほどしかないだろう。

だから近づいて攻撃を当てることさえできれば、神器破壊は容易《たやす》い。

そして神器さえ破壊すれば、奴《やつ》は雷の魔法を使えなくなり、完全に無力化できる。

奴の魔法の使用回数が切れるまで待つという手もあるが、触媒系の神器の魔法なので底が知れない。もしかしたら二十や三十どころではないかも。そのすべてをダイヤが受け切れるか怪しいところだ。

にしても……

「……腕輪か」

ちゃんと腕輪に剣を当てられるだろうか？　手元が狂って腕ごと斬り裂いてしまいそうだ。

なんて弱音を吐いている場合ではないので、僕は背中の鞘《さや》から【さびついた剣】を抜いた。

するとそれを見たアメジストは、一瞬だけ目を丸くしてから吹き出す。

「あはっ、何よそれ！　汚い剣なんか出して、まさかそれがあんたの神器じゃないでしょうね！」

悪いけどこれが僕の神器なんだよ。

そう返したいのは山々なれど、僕は攻撃の機を窺《うかが》うことに神経を研ぎ澄ましていた。

「やっぱりあんたは、無能でポンコツのダイヤとお似合いよ！　仲良くここで潰《つぶ》してあげる！」

紫電の魔法は絶えず放たれ続ける。

そのすべてをダイヤが【不滅の大盾】で受け続けてくれているので、今のところはなんともないが。

紫電による感電が、盾を持つダイヤに少しずつだがダメージを与えていた。

ダイヤの盾とアメジストの腕輪では相性が最悪のようだ。

早いところこちらから動かなければならない。

僕は右手の【さびついた剣】に目を落とす。

そして闘争心を燃やして、『進化』のスキルを発動させた。

名前：呪《のろ》われた魔剣
ランク：S
レベル：
神聖力：500
恩恵：力＋500　耐久＋500　敏捷《びんしょう》＋500　魔力＋500　生命力＋500

魔法：【黒炎《ヘルフレア》】
スキル：【神器合成】
耐久値：500／500

錆《さび》が落ち、切っ先から柄頭まで漆黒に塗り潰された魔剣が姿を現す。

途端、体が羽のように軽くなる。視界が広がるように神経が研ぎ澄まされる。

魔剣から与えられた恩恵が、鳥肌が立つように全身を駆け巡る。

自分が強くなったのを、文字通り肌で感じる。

そして僕は一瞬で勝負を決めるべく、ダイヤの裏から飛び出した。

アメジストたちの方に走り出すと、奴らは僕の神器を見て驚愕《きょうがく》の表情を浮かべた。

「な、何よそれっ⁉」

神器の姿が変わるという怪現象。

おまけにそれが魔人の持っている神器のような見た目なら、その驚きは当然のものだ。

そんな彼女たちの意識を置き去りにするように、僕は敏捷力が許す限りの速度で駆け抜ける。

「くっ、【紫電《ライラック》】！」

接近されるのを嫌がったのか、アメジストは紫電を撃ってきた。

僕はそれを躱《かわ》しながらさらに近づいていく。

【呪われた魔剣】からの恩恵で、生命力が格段に上昇している。

それに伴って防衛本能でもある反射神経も磨かれており、雷速で飛んでくる稲妻にも対応が可能だ。

紙一重で回避したり、もしくは魔剣で弾き飛ばしていく。

「な、何なのよこいつっ！」

ほぼ一瞬でアメジストたちの目前まで接近すると、突如彼女たちは陣形を変えた。

「スピネル、ラピス！　頼んだわよ！」

「「任せてっ！」」

アメジストは右手を引っ込めて一歩下がり、それに代わるようにして鎌使いの姉妹が前に出てきた。

二人は背中から大鎌を取り出す。

そしてアメジストを守るように、三日月形の刃を二つ合わせた。

「付与魔法《エンチヤント》、【火鎌《ブラッドムーン》】」

「付与魔法《エンチヤント》、【氷鎌《ブルームーン》】」

赤髪少女の鎌には轟々《ごうごう》とした火炎が、青髪少女の鎌には凍《い》てつくような冷気が宿った。

なかなかの迫力を感じる。

おそらく神器のランクはＣといったところか。

レベルもそこそこ高いのだろう。

そんな神器が合わせて二本。加えて付与魔法《エンチヤント》も掛かっている。

通常ならAランクの神器でも突破できるかわからない守りだ。

でも、僕の【呪われた魔剣】なら……

「はぁぁぁぁぁぁ！！！」

両手で握り締めた魔剣を上段から振り下ろす。

その一撃を迎え撃つようにして二本の大鎌が構えられる。

大きさでも数でも劣っている。誰《だれ》が見ても姉妹の勝利を確信する場面。

しかし、お互いの神器が打ち合わされたその瞬間……

赤と青の三日月が、まるで焼き菓子のように呆気《あっけ》なく砕け散った。

「「なっ⁉」」

鎌使いの姉妹は、柄だけになった神器を見て目を大きく見開いた。

そんな二人に守られていたアメジストも、一撃で守りを突破されて唖然《あぜん》とする。

「そ、そんな……ありえない……」

敵である僕が目の前にいるにも拘わらず、彼女は腕輪の付いている左手をだらりと下げたまま呆《ぼう》然《ぜん》と固まっていた。

おそらく、スピネルとラピスと呼んだ姉妹の実力を、かなり信用していたのだろう。

そんな彼女たちの神器を、眼前で一撃で破壊されて、半ば思考が停止しているみたいだ。

混乱するのも無理はない。

「うっ……」

対して僕は【呪われた魔剣】の『呪《のろ》い』により、微《かす》かな頭痛を感じた。

思わず顔をしかめて頭を押さえてしまう。

それを後ろで見ていたダイヤがすぐに駆けつけてくれて、耳打ちをするように囁《ささや》いた。

「大丈夫ですかラストさん？」

「う、うん。まだ全然大丈夫だよ。ちょっと痛くなっただけ」

小声でそう返しながら、僕はぎこちない笑みを浮かべる。

そしてすぐに姿勢を戻して魔剣を構え直した。

ふぅ、危なかった。三十分は平気と言っても、さすがに少しくらいの頭痛は感じる。

それを相手に気取られるわけには行かないので、なるべく顔に出さないようにしないと。

「くっ……！」

アメジストは僕とダイヤのことを睨《にら》みつけながら、悔しそうに歯噛《はが》みした。

仲間二人の神器を破壊されて、残されているのは触媒系の神器を持つアメジストだけ。

魔法の使用にも限界があり、状況は圧倒的に不利だ。

対してこちらの神器は、相手から見れば二人とも健在。

ゆえにいくらアメジストが直情的な性格とはいえ、ここで無謀な賭《か》けに出てくるほど間抜けではなかった。

その代わりというわけではないだろうが、奴《やつ》は鎌使いの姉妹を庇《かば》うように立ち、負け惜しみにも似た台詞《せりふ》を吐き散らした。

「こ、この子たちの神器はCランクよ！　付与魔法《エンチャント》もあったのに、それを二本同時に破壊するなんて……！　あんたいったい何なのよ！」

「……」

その疑問は当然のものだと思った。

僕自身ですら、僕のことはよくわかっていないのだから。

僕はいったい何者なのだろう？

僕の神器はいったい何なのだろう？

【呪《のろ》われた魔剣】とはいったい何なのだ？

その答えを見出せないうちは、僕は単純な返答しかできない。

差し当たって僕は、初対面の時とほとんど同じ答えをアメジストに返した。

「あんたと同じ試験参加者だよ。それで今は、ダイヤの仲間でもある。それだけだ」

「……」

アメジストは悔しそうな表情を崩さない。

こんなのでは答えになっていないだろうか。まあ、別にそれで構わない。

そんなことよりも今は、アメジストに聞いておきたいことがあった。

「今のがダイヤの盾だったら、僕の一撃だって防げていたかもしれない」

「はっ……？」

「もしダイヤを仲間にしていたなら、どんな攻撃だって防いでもらえて、もっと連携がしやすくなったはずだ。それなのに、どうしてあんたは……」

「――っ！」

ちょっとした皮肉にも聞こえてしまったのだろうか、アメジストは見るからに怒りを覚えていた。

綺麗《きれい》な顔を怒りによって深く歪《ゆが》ませている。

それを間近で見て、てっきり雷魔法が飛んでくるかと思ったが、奴が顔をしかめて放ったのは掠《かす》れた怒号だった。

「あんたに何がわかんのよ！　何も知らないくせに！　関係ない奴がしゃしゃり出てきて、偉そうに説教垂れてんじゃないわよ！」

激しい戦いの後だからだろうか、奴の叫びがより強く頭に響いた。

確かに僕は部外者だ。

ダイヤやアメジストたちが村にいた時のことなんて何も知らない。

関係ないくせにしゃしゃり出ている自覚もある。

でも今は、一緒に冒険者試験を受けて、同じ夢を志す仲間だ。

そしてその仲間を侮辱されたままで、黙っているわけにはいかない。

奴らはダイヤのことを散々侮辱した。大声で、大勢の前で、恥をかかせるように。

だからそのことをダイヤに謝ってほしいと思った。

そのためにまずは、ダイヤのパーティー入りを拒否した詳しい理由を尋ねようと思ったのだが、アメジストは聞く耳を持ってくれそうにない。

「気に入らなければ斬りなさいよ！　人形だって強引に奪っていけばいいじゃない！　こっちだってただでやられるつもりはないわよ！」

アメジストはそう言って、苦し紛れに右手を僕たちに向けてきた。

来るなら来い、返り討ちにしてやると言わんばかりだ。

なぜここまで、ダイヤに対して嫌悪感を剥《む》き出しにするのだろうか？

その理由は定かではない。

だがまあ、これ以上言ったところで謝罪が聞けそうにもないと思ったので、僕はダイヤに言った。

「行こう、ダイヤ」

「えっ？」

「あと一つ人形を手に入れなきゃいけないし、早いところ人形探しを再開しよう」

そう言って、ダイヤを連れてその場を後にしようとする。

これ以上アメジストたちと争っても意味はない。

早いところ人形探しを再開した方が利口だ。

そう思って踵《きびす》を返したが、僕は立ち去る前にふと足を止める。

余計なお世話とも思ったが、一応アメジストたちに言っておいた。

「同じ参加者として助言しておくけど、危険域《エリア》のド真ん中で三人中二人も神器を失ってる。人形探しは中止して、無理をしないで帰った方がいい」

「……っ！」

またもアメジストの顔が歪んだ。

敵に心配なんかされたくない、ということなのだろうが、僕にも少しは責任がある。

だから奴が気に食わなくても、僕は助言を続けた。

「まあ、神器を壊したのは僕だから、僕が町まで送り届けて……」

「うるさいっ！　あんたに指図なんかされたくないのよ！」

「……」

すぐに怒鳴られてしまったので、まるで話にならなかった。

戦いに負けたせいで、感情がめちゃくちゃになっているのだろう。

これ以上は本当に火に油だ。

まあ、アメジストの神器が無事なら、森を抜けるくらいは余裕だろう。

心配したところで余計なお世話にしかならない。

だから僕たちは、背中に刺すような視線を感じながら、その場から立ち去った。


アメジストたちから離れて十分ほど。

あんなことがあった後なので、僕とダイヤは辛気臭い様子で七色森を歩いていた。

雰囲気が重たい。ダイヤの横顔からは深い悲しみを感じる。

あそこまでわかりやすく拒絶されたので、それも無理からぬが。

そんな中で声を掛けるのはかなり抵抗があったが、僕は胸のわだかまりを解くために口を開いた。

「あの人たちと、何かあったの？」

「……」

むしろ、あれで何もない方がおかしいだろう。

部外者の僕から見ても、とてつもない嫌悪感を放っていたように思える。

その理由は何なのか。気になって尋ねてみたが、僕は遅れてハッと気が付いた。

「あっ、いや、不躾《ぶしつけ》に聞いてごめん。言いたくなかったら別にいいんだけど……」

「い、いいえ。ここまで巻き込んでしまって、何も言わないわけにはいきませんから」

ダイヤは苦笑を滲《にじ》ませて、話を始めてくれた。

「私たちの故郷は『バイオレット村』と言って、田舎《いなか》の方にあるそれなりに大きな村です。そこで私はアメジストさんたちと幼い頃《ころ》から知り合いでした」

「へぇ、幼馴染《おさななじみ》ってことか」

僕にとってのルビィやヘリオ君みたいな感じか。

「アメジストさんはそんなバイオレット村で、勉強も運動も一番すごくて、子供たちの間では絶対に敵わない存在として見られていました。泣き虫でいじめられっ子だった私とは違って、すごく綺麗でかっこよかったですし、私もずっと陰から見ながら尊敬していました」

「あぁ、いるよねそういう人」

レッド村でのルビィがまさにそうだ。

勉強も運動も一番で、友達も大勢いて、おまけに可愛《かわい》い。

まあ、ルビィとアメジストでは性格が真反対のようだけど、彼女はその高潔な様子から、多くの尊敬の眼差《まなざ》しを向けられていたみたいだ。

「みんなの憧《あこが》れの存在ですから、成人になった証《あかし》の『祝福の儀』では、いったいどれほどすごい神器を授かるのか、とても注目されていたんですよ」

「……なるほどね」

学習能力や運動能力によって授かる神器に違いが出るわけではない。

しかしすごい人にはすごい人特有の、言いようのないオーラというものがある。

こいつは何かやってくれるだろうという特別な雰囲気が。

だからアメジストが儀式でどんな神器を授かるのか、皆が期待するのは当然だ。

しかし、途端にダイヤの表情が暗くなる。

「それで、アメジストさんが祝福の儀で授かった【紫電《しでん》の腕輪】は、『Bランク』の神器だったんですよ」

「えっ？　あぁ……」

今の一言で大体のことを察した。

アメジストの【紫電の腕輪】はBランク。

一方でダイヤの【不滅の大盾】はAランク。

以上のことがわかれば、彼女たちが対立している理由も大方想像がつく。

「もしかして、アメジストがダイヤのことを執拗《しつよう》に目の敵にするのって、『神器のランク』で負けちゃったからとか？」

「ま、まあ、端的に言えばそうですかね……」

ダイヤは苦笑を滲ませつつ、曖昧《あいまい》な答えを返してくる。

そうなると、ダイヤは何も悪くないよな。

祝福の儀で授かる神器は選ぶことができないので、Aランクを授かってしまったのはダイヤの責任ではない。

というかそもそも、Aランクの神器を授かって責められる方がおかしいのだ。

普通なら称賛するべき結果だろう。

「でもそっか、勉強も運動も一番で、みんなから尊敬されてるアメジストなら、神器のランクで負けたことを相当悔しがるだろうね」

「……それが私みたいな泣き虫でいじめられっ子なら、なおさら怒るのは当然ですよね」

そんな自虐的なことをわざわざ言わなくても。

しかしダイヤは、さらに自嘲《じちょう》的に続ける。

「アメジストさんの神器の方が、綺麗でかっこよくてオシャレなんですけど、周りのみんながそう言ってもアメジストさんは納得してくれなくて。私はアメジストさんのことを、相当怒らせてしまったみたいです」

だからそれは、別にダイヤが悪いわけじゃないんだよ。

祝福の儀でどんな神器を授かるのかは、神様以外の誰《だれ》にもわからないのだから。

と、ここまで話を聞いて、一つの悪い予感が脳裏をよぎった。

「そ、それじゃあもしかして、みんなの憧れのアメジストを怒らせて、祝福の儀を受けてからもっといじめがひどくなったり……」

「あっ、いいえ、それはまったく。むしろ【不滅の大盾】のおかげで物理的ないじめは痛くも痒《かゆ》くもなくなったので、肩をぶつけてきたいじめっ子を逆に返り討ちにしちゃったこともありますよ」

「……そ、そう」

神器の恩恵でガチガチに強化されたダイヤに肩をぶつけ、悶絶《もんぜつ》しているいじめっ子の姿が目に浮かぶ。

ともあれ、いじめが増えたという事実がなくてよかった。

「でも、よくそんな間柄で、試験開始時にアメジストに『仲間に入れてほしい』なんて言えたね。普通なら怖くて近寄りたくもないはずなのに。何か特別な理由でもあったの?」

いよいよ核心に触れてみた。

「アメジストさんの言ったように、他に頼れる人がいなかった……というか声を掛けられる人がいなかったっていうのが大体の理由なんですけど、もしかしたら昔のように戻れるかと思ったんですよ」

「昔?」

どういう意味だろう?

昔のように戻るって、いったい何が?

「こう見えても昔は、結構仲が良かったんですよ。私とアメジストさん」

「えっ⁉」

「四歳くらいの頃ですかね。私はいつもアメジストさんと二人きりで遊んでいました。お家がすぐ隣にあったので自然と仲良くなれたんですよ。何をやってもダメダメな私に、アメジストさんは色々と教えてくれました。もしかして『お姉ちゃん』がいたらこんな感じなのかなぁ、なんて思ったこともあります」

……なんとも意外な過去だった。

あのアメジストとダイヤが二人きりで遊んでいたとは。

しかも『お姉ちゃん』みたいな存在として見ていたなんて。

しかし改めてそう聞かされると、妙にしっくり来るような気もする。

『私が手本を見せてあげるわよ』なんて風にお姉ちゃん風を吹かせて、得意げに物事を教えるアメジストが容易に想像できた。

「大きくなるにつれて、アメジストさんの周りにはたくさんの人たちが集まるようになりました。それで次第に疎遠になっていったんですが、私は今でも、アメジストさんを尊敬しています」

ダイヤはまるで楽しかった思い出を振り返るように、ぼんやりと空を見上げる。

アメジストのことを相当尊敬しているみたいだな。

それによくよく思い返せば、あそこまでアメジストに侮辱されたのに、ダイヤは何も言い返していない。

ここまでダイヤは一度たりとも、アメジストの悪口を言っていないのだ。

尊敬しているというのは本心なのだろう。いまだに頼りになるお姉ちゃんとして見ているのかもしれない。

「だから冒険者試験を一緒に受けようと思ったの？」

「はい。一緒に冒険者試験に参加すれば、昔みたいにアメジストさんの後ろをついて行くことができるんじゃないかって思ったんです。すごく他力本願な考え方ですけど、これが仲直りできる唯一の機会だと思ったんですよ」

他に頼りになる人がいなかった。

というよりむしろ、一番頼りたかった相手がアメジストだったのではないだろうか。

盾の神器の性質上、仲間は必須《ひっす》。

その相手としてアメジストを選ぶ必要はなかったのに、それでもダイヤはアメジストに声を掛けた。

それは他力本願などではない。立派な敬愛だ。

「もう、アメジストさんと仲良くなれないんでしょうか。昔みたいに戻ることはできないんでしょうか……」

次第に掠《かす》れる声を聞き、ダイヤが涙ぐんでいるのがわかった。

あそこまでわかりやすく拒絶されたら、そう思ってしまうのは仕方がない。

あれだけ強烈な魔法を浴びせられて、敵として衝突してしまった。

昔みたいに戻ることは、難しいかもしれないな。

だから……

「昔みたいに戻る必要は、たぶんないんじゃないかな」

「えっ？」

「ダイヤのしたことは間違ってなかったと思うよ。一緒に冒険者試験に参加すれば仲直りできたかもしれない。でも昔みたいに後ろをついて行くんじゃなくて、今度は隣に立って一緒に戦えるようにならなくちゃ。お姉ちゃんについて行く『妹』としてじゃなくて、今度は『友達』として」

「とも……だち……」

友達というか戦友かな。

お姉ちゃんを追いかける『妹』としてではなく、一緒に戦う『戦友』として新しい関係性を作ればいいんだ。

あれだけすごい『防御力』があるのだから、きっとアメジストの力にもなれるはず。

僕が言うのもなんだけど、ダイヤはもっと〝自信〟を持つべきだ。

「まあ、具体的にどうすればいいっていう助言はできないけどさ、アメジストが本当に困ってる時に、助けに入ってあげられたら、ダイヤが仲良くしたいと思ってる気持ちもちゃんと伝わるんじゃないかな。すぐに仲直りするのは難しいかもしれないけど、少しずつ歩み寄って行けたらいいと思うよ」

「……」

具体性の欠片《かけら》もない曖昧な助言。

おまけに友達がほとんどいない僕が言ったところで、説得力なんて皆無だ。

こんなことじゃ励ましにならないよな。

と思っていたのだが、意外なことにダイヤはどこか納得したような面持ちで頷《うなず》いた。

「確かに、少し焦りすぎていたのかもしれませんね。ラストさんの言う通り、少しずつ歩み寄って行きたいと思います。それで今度はもっと自信を持って、自分には『守る力』があるってアピールしてみせます！」

「うん、その意気だよ。僕にも何か手伝えることがあったらなんでも言ってね。って言っても、友達の少ない僕に手助けできることなんてないかもしれないけど」

「いいえ。もう充分、ラストさんには助けてもらっていますよ」

〝ありがとうございます〟と続けて、ダイヤはにこりと微笑《ほほえ》んだ。

4

アメジスト・バングルという人間は天才ではない。

そのことをアメジスト本人は、誰よりもよく知っている。

何をしても一番の彼女は、生まれながらにして一番だったというわけではない。

結果には何かしらの要因が存在するように、アメジストは一番になるために陰で努力をしていた。

速く走るための方法を模索し、喧嘩《けんか》に負けないコツを知り、効率的な勉強の仕方を身に付けた。

一番であることは彼女にとって、何よりの存在証明だったからである。

『一番になれば、みんなが私を見てくれる。一番になれば、みんなが私と友達になってくれる。一番になれば、独りぼっちにならない……』

一番になることが、友達を作る最良の方法だと知った。

だからアメジストは何事においても最善を尽くした。

運動や勉強で一番になるために、できる努力はすべてしてきた。

友達を作るために。独りぼっちにならないように。寂しくならないように。

しかし『神器』に関しては、努力のしようがまったくなかった。

祝福《しゆくふく》の儀で授かる神器は、選ぶことも変えることもできないからだ。

アメジストは幼い頃《ころ》にしてその事実に気が付き、周りからの過度な期待に多大なプレッシャーを感じていた。

そんな中で祝福の儀の当日を迎え、その結果……

『し、【紫電《しでん》の腕輪】、Bランク……』

彼女は失敗した。

周りからしてみれば失敗とは思えない優秀な結果ではあったが、当時の儀式においてアメジストの順位は『二番』だった。

一番はAランクの神器を授かった、泣き虫でいじめられっ子のダイヤ・カラット。

周りの人たちは精一杯、アメジストのことを励ました。

無理やりにでも褒め言葉を絞り出し、降り掛かるそれらの称賛がさらに彼女を傷付けた。

無理をしているのがわかる。本心からの称賛ではない。それはアメジストにとって侮辱に他ならない。

何よりそんなことを言わせてしまっている『二番の自分』に、心底嫌気が差した。

もしかしたらこれで友達がいなくなってしまうかもしれない。そんな気さえした。

そんな悔しい気持ちを抱きながら、儀式を終えたアメジストは、その帰り道でダイヤとすれ違った。

自分から一番を奪ったダイヤ・カラットと。

そしてダイヤとすれ違いざま、彼女の情けない声が耳を打った。

『……ご、ごめんなさい』

どういうつもりでその台詞《せりふ》を口にしたのか、詳しいことは定かではない。

しかしあの時のアメジストにとって、ダイヤからのその一言は〝哀れみ〟以外の何物でもなかった。

どうして泣き虫でいじめられっ子のダイヤがAランクで、自分がBなのだろう。

そしてどうして一番を奪った奴《やつ》から謝られなければならないのだろうか。

自分はいったいどこで間違った？　どういう努力をすればよかった？

神様に気に入られればよかったのだろうか？

もっと良い子にしていたらよかったのだろうか？

それともあの子と同じように、泣き虫でいじめられっ子として生きてきたらよかったのだろうか？

何もかもがわからなくなり、その時をしてアメジストは、世界の理不尽さに鬱憤《うつぷん》を溜《た》め、それを晴らすようにダイヤに辛く当たるようになった。

ラストたちと一戦を交えた後、アメジストはスピネルとラピスを連れて七色森を歩いていた。

方角は町の反対。森の奥地を目指して進んでいく。

「ほらあんたたち、ちゃんと私について来なさい」

後ろの二人と僅《わず》かに距離が空いていたので、アメジストは急ぐように促した。

するとスピネルとラピスは、赤と青のポニーテールを揺らしながら小走りをしてくる。

とても申し訳なさそうな顔をしながら。

「ご、ごめんねアメ。私たちが神器を壊されちゃったから……」

「色々とアメに迷惑を掛けて」

「別に、あんたたちのせいじゃないわよ。むしろ相手の実力を測り切れなかった私の落ち度よ。だからそんな辛気臭い顔してないで、ちゃんと私について来なさい。私の神器さえ無事なら、こんな試験なんて楽勝なんだから」

アメジストは二人にそう言って、さらに森の奥へと歩いて行った。

後ろの二人のことを考えるなら、すぐに町に帰るべきだと思った。

しかしそれをするのはアメジストのプライドが許さない。

冒険者試験を諦《あきら》めるということが悔しいのもそうだが、何より〝あんな奴〟の言う通りにするのが屈辱で仕方がなかった。

結果、試験続行という答えに行き着いた。

「時間はあと一時間くらいだけど、人形もあと二つだし、まあ余裕で合格できるわよ。ダイヤなんかよりも先にね」

なんてことを言いながら、変わらず試験人形を探していく。

茂みの中を見たり、大木の裏を覗《のぞ》いたり、はたまた小人のような魔物がいないか目を配ったり。

そんな中で不意に、スピネルが不満そうな声を上げた。

「それにしても何だったんだろうね、あの『錆《さ》び剣使い』」

「……っ！」

アメジストは密《ひそ》かに歯を食いしばる。

今一番思い出したくない奴のことが話に出てきた。

脳裏を引《ひ》っ掻《か》かれるような不快感を覚えたが、スピネルとラピスは知る由もなく話を続けた。

「ボロボロの汚い神器だと思ったのに、急に姿が変わっちゃってさ」

「確かに異質な神器だった。神聖力も桁外《けたはず》れに高かった」

「……」

あいつの話題は気に入らないが、確かにあの『錆び剣使い』は不可解な存在だ。

見るからに最低ランクの神器を持っていたのに、その姿を変えてこちらを攻撃してきた。

しかも凄《すさ》まじい恩恵が秘められているのか、奴の身体能力が見違えるほどに上昇していた。

あの禍々《まがまが》しい神器は何なのだろう？　そしてあいつは何者なのだろう？

初めにタテついてきた時から、心底気に食わない。

「ラピスなんてびっくりして腰抜けそうになってたもんね！」

「スピネルこそ泣きそうになってた。私の方は全然平気」

「なっ⁉　私の方がお姉さんなんだから、私の方が平気に決まってるでしょ！」

「はいはい、そこまでにしておきなさいよ二人とも」

恒例の喧嘩が始まりそうになるのを、アメジストは呆《あき》れながら止めに掛かる。

いつも元気一杯で火炎のように感情的な姉、スピネル。

一方でいつも冷めた様子で冷気のように冷淡な妹、ラピス。

そんな対照的な性格が災いし、この双子は事あるごとに言い争いをしている。

それを呆れながら止めるのが、昔からのアメジストの役目だ。

彼女はこれ以上の口論を防ぐために、無理矢理この話題を終わらせにいった。

「泣き虫ダイヤと組んでるような奴なのよ。あいつが普通なわけがないじゃない」

「ま、それもそうだね！」

「間違いなく変な奴」

スピネルはケラケラと、ラピスはクスリと笑う。

上手《うま》く話を終えることができたアメジストは、次いで別の話題を二人に振った。

「そんなことよりも、早くこんな試験に合格して、冒険者になったことを報告しに帰るわよ。それでいつかは一番すごい冒険者になって、世界に名前を轟《とどろ》かせるんだから」

「そうだねアメ！　私たちで最強のパーティー作っちゃおう！」

「三人で絶対に冒険者になる」

そう、あんな奴にいちいち心を乱されている場合ではない。

いつかは一番の冒険者になって、誰《だれ》よりも多くの視線を集めてみせる。

それで自分は、決して独りぼっちにはならない。

アメジストは人知れず頬《ほお》を緩ませた。

次いで二人に、『先を急ぐわよ』と伝えるために後ろを振り向く。

しかし声を掛ける寸前、スピネルとラピスの背後に、空間の〝揺らぎ〟を見た気がした。

まるで陽炎《かげろう》のようにも見える不自然な揺らぎ。

目の錯覚？　いや……

途端、アメジストは寒気を感じた。

「二人とも危ないっ！」

「……っ⁉」

その声に感応して、スピネルとラピスは咄嗟《とっさ》に地面を蹴《け》った。

瞬間、アメジストの見ていた〝揺らぎ〟からぎらりと光る刃が出てくる。

それはスピネルとラピスの首を刈るように伸びてきたが、咄嗟に飛び出したことで腕を掠《かす》める程度に抑えることができた。

「ぐっ……！」

二人は痛みに顔をしかめる。

アメジストはそんな二人を庇《かば》うようにして、揺らぎの前に立《た》ち塞《ふさ》がった。

今のはいったいなんだ？　あの揺らぎは魔物の仕業なのか？

するとその陽炎の中から、キンキンと響く高い声が聞こえてきた。

「ニャはは〜！　今のはすごく惜しかったんだニャ〜！」

途端、空間の揺らぎが次第に消えていく。

まるで透明だった存在が少しずつ表に出てくるように、そいつはアメジストたちの前に姿を現した。

ベースは人間そのものだが、所々に魔物のような特徴が見受けられる。

ふさふさとした黒い体毛。頭に生えている二つの三角耳。頬から伸びる三本のヒゲ。

鋭い目は黄色く光り、アメジストたちのことを面白がるように見つめている。

「……猫」

そう、『猫女』とでも表現すべき存在だ。

そしてそいつの右手には、『黒い鉤爪《かぎづめ》』のような武器が装着されていた。

やがて奴《やつ》は、猫が自分の手を舐《な》めるように、鉤爪に舌を這《は》わせて笑う。

「そこの紫のお前、結構良い勘してるニャ。すごく美味そうだニャ～」

「ま、魔人……！」

アメジストは初めて見る魔人に、強い恐怖感を覚えた。

魔人はあまり人前に姿を現さない。

基本的に危険度の高い危険域《エリア》に潜んでいるか、人里離れた場所に隠れ家を持っているからだ。

そして人を殺す時だけ、その恐ろしい姿を人前に晒け出す。

ゆえに、まだ十五歳という経験の浅いアメジストが、これまで魔人を見てこなかったのは当然のことだと言える。

そして初めて見る魔人に怯《おび》えてしまうのも、致し方がないことだ。

「ど、どうして魔人が、こんなところに……？」

アメジストが震える声でそう問うと、黒猫のような魔人はきょとんと目を丸くした。

「んニャ？　『どうしてこんなところに』って、アタシがどこにいたってお前に文句を言われる筋合いはないはずニャ。まるでこの世界全部が人間様のものみたいに言わないでほしいニャ」

猫女は呆れたように肩をすくめる。

しかしアメジストはそういう意味で問いかけたのではない。

彼女は改めて問い直した。

「今はこの危険域《エリア》で冒険者試験が行われているのよ。そのために試験官が下見をして、今も警戒の目を光らせているはず。それなのにどうして……」

この危険域《エリア》に魔人がいるのだ？

と聞こうとした瞬間、アメジストはハッとなって気が付いた。

先ほどあの猫魔人は、不可解な〝揺らぎ〟の中から姿を現した。

まるで〝透明〟にしていた姿を、元に戻すみたいに。

「透明になる、能力……」

「ニャは！　やっぱりお前、なかなか勘が良いのニャ。確かにこの辺りにはギルドの連中がいたけどニャ、この【黒猫の鉤爪《かぎづめ》】の能力を使えば侵入なんて楽ちんニャ」

そう言って猫魔人は、右手に装備している鉤爪を見せつけてくるように掲げた。

その瞬間、奴の体が景色《けしき》と同化するように透明になっていく。

先ほど見たあの陽炎のように。

間違いない。この猫魔人は姿を消すことができるスキルを使う。

確かにそれを使えば、冒険者試験中のこの七色森に入ることも、潜伏することも可能だ。

なんとも恐ろしい能力だが、こちらを攻撃する瞬間に姿を現したところを見ると、おそらく静止している時だけ透明化の能力が働くのだと思われる。

もしくは、能力発動中は激しい動きができないとか。

でなければみすみす自分たちの前に姿を晒《さら》すはずもない。

まあ、それでも充分に凶悪な力だが。

その事実を受け、アメジストが恐怖を覚えていると、猫魔人が再び姿を現した。

次いで奴は森の様子を確かめるように周囲を見渡し、ニヤリと不気味な笑みを浮かべる。

「それにしても今は『冒険者試験』とかいうのをやっているのかニャ。どうりで物騒な奴らが多いと思ったニャ。アタシはただこの危険域《エリア》で一休みしてただけなんだけどニャ。……まあ、これはこれで思わぬ収穫だニャ」

「……？」

思わぬ収穫？

アメジストは眉《まゆ》を寄せて疑問に思う。

すると猫魔人は、その言葉の意味をわからせるかのように、不気味な笑みを深めて続けた。

「つまり今、冒険者を目指してる〝卵たち〟がここに集まってるってことだニャ？　こんなに『美《お》味《い》しい狩り場』は他のどこにも存在しないと思うニャ」

「……っ！」

美味しい……狩り場……

アメジストはその意味を理解して鳥肌を立てる。

いわばこの七色森は今、魔人にとっての『宝石箱』なのだ。

否、豪華な料理が並べられたテーブルと言った方が正しいかもしれない。

冒険者を志す有望な才能たち。そんな彼らを殺せば確実に邪神から多大な祝福《チャリティ》を受けられるはずだ。


端的に言えば、すごく簡単に強くなることができるというわけである。

「し、試験参加者たちを襲うつもり？　本当にそんなこと……」

「違うニャ違うニャ。襲うんじゃなくて〝殺す〟んだニャ〜。そこは間違えないでほしいのニャ」

猫魔人は物騒な訂正を求めてくる。

襲うんじゃなくて殺す。冗談のつもりで言ったわけではなく、これは確かな事実だ。

魔人は人を〝殺す〟ことで邪神から祝福《チャリティ》を受けることができる。

人が魔族と〝戦う〟ことで神様から祝福《チャリティ》を受けることができるのとは違い、奴らは人を殺さなければ邪神から祝福を受けられないのだ。

そして魔人が強くなる目的は単純明快。魔人の世界では強い者が上に立つようになっている。

弱い者は虐げられ、強い者の言いなりとなる。

だから魔人は強さを求める。強さを求めて人を殺す。

「お前たちを攻撃したのも、もちろん殺すためだニャ。見たところ手負いみたいだしニャ、すごく簡単に殺《や》れると思ったんだニャ。まあそういうわけだから、アタシの神器の糧になってもらうニャ」

猫魔人はそう言って、黒い鉤爪を構えて近づいてくる。

アメジストはその姿を見て歯を食いしばり、チラリと後方を一瞥《いちべつ》した。

先ほどから言葉を失って怯えているスピネルとラピス。

(このままじゃ、三人とも殺される!)

命乞《いのちご》いなんて無駄とわかっている以上、この場は何としても〝逃げる〟しかない。

しかし神器を失った二人を守りながら、果たして奴から逃げ切れるだろうか?

いや、それは不可能だと断言できる。

見る限りこの魔人はかなりの実力を備えている。

おそらくスピネルとラピスの神器が無事で、万全の状態で三人で掛かって行ったとしても、倒せるかどうかわからない強敵だ。

そんな魔人を相手に、二人を守りながら逃げ切る?　どう考えても無理な話だ。

(じゃあ、私が囮《おとり》になって二人を逃がす……?)

いや、それも危険な賭《か》けだ。

二人は現在、魔族と戦うための神器を失っている。

そんな状態で危険域《エリア》から抜け出せるほど、この世界は甘くできていない。

近くに他の参加者がいる気配もないし、二人だけを逃がすのも難しそうだ。
残された手は……
（じゃあ、今ここで〝勝つ〟しかないじゃない！）
刹那《せつな》の思考の末、アメジストはその結論に辿《たど》り着《つ》いた。
今ここで、奴《やつ》を倒す。それができなければ殺されるだけだ。
何よりそれができたら、神器の性能《プロパティ》が飛躍的に上昇するはず。
神様から莫大《ばくだい》な祝福《チャリティ》を受けて、レベルが急上昇するに違いない。
絶好の飛躍の機会。恐怖を紛らわせるようにそう思って、アメジストは決意を固めた。
念のために神器の耐久値を確認しておく。

名前：紫電《しでん》の腕輪
ランク：B
レベル：15
神聖力：0
恩恵：力＋0　耐久＋50　敏捷《びんしょう》＋80　魔力＋240　生命力＋100
魔法：【紫電《ライラック》】
スキル：【蓄電】
耐久値：50／50

耐久値に問題はない。

魔法の使用回数も充分残っているので、その辺りの心配はいらないだろう。

（頼むわよ、【紫電の腕輪】）

アメジストは左手首の腕輪にそっと触れ、静かに念を込めた。

祝福の儀で一番になれなかった自分は嫌いだが、授かった神器は別に嫌いというわけではない。

むしろ姿形《すがたかたち》はとても気に入っている。

オシャレだしコンパクトだし、何より剣や盾といった無骨なものを身に付けるより断然いいと思った。

女子にゴツゴツとした武器は似合わないのである。

ゆえにBランクではあるものの、【紫電の腕輪】のことは好いており、その性能《プロパティ》についても疑いは持っていない。

アメジストは闘志の満ちた目で猫魔人を睨《にら》み付ける。

そして右手を前にかざし、近づいてくる魔人に照準を合わせた。

「【紫電《ライラック》】！」

瞬間、開戦の狼煙《のろし》が上げられた。

紫の雷撃が猫の魔人に向けて放たれる。

ジグザグとした軌道を描き、高速で猫魔人に接近するが、寸前で横に避けられてしまった。

「ニャはっ！　すごく洒落《しゃれ》た魔法だニャ！　やっぱりお前はすごく美味しそうだニャ！」

「くっ……！」

アメジストは思わず歯噛《はが》みする。

やはり凄《すさ》まじい反応速度と運動能力だ。

事前にこちらの攻撃を知っているのならともかく、初見で今の一撃を容易に回避するのはさすがとしか言いようがない。

（これが魔人……！）

アメジストは改めて目の前の存在の恐ろしさを痛感した。

しかし彼女はめげない。

目の前の魔人に勝つために……否、後ろの二人を守るために右手を構え、それを猫魔人に向けた。

「【紫電《ライラック》】！」

再び紫電を速射する。

さらに一撃、二撃、三撃と続けて雷撃を放ち、確実に猫魔人を捉《とら》えるために撃ち続けた。

しかし奴は、それを軽快な動作でスルスルと躱《かわ》していく。

必死で猫魔人に照準を合わせるアメジスト。避け続ける猫魔人。

（これじゃあ埒《らち》が明かない！）

そう思ったアメジストは、やがて紫電を放つと見せかけて、右手をピタリと止めた。

それに引っ掛かった猫魔人は、何も飛んでこなかったのにも拘わらず、大きく横に回避してしまう。

（空中なら攻撃を避けられない！）

猫魔人の足が地面から離れた瞬間、アメジストは今度こそ紫電を放った。

ようやくその一撃が、猫魔人の腹部に『ドンッ！』と被弾する。

「いっ……たいニャ～！」

そう叫んだ猫魔人は、僅《わず》かに後方へ吹き飛び、痛がるようにして顔をしかめた。

……だが、それだけだった。

（くっ、硬い！）

僅かに相手を後退させることができたが、ダメージはほとんどゼロ。

痛いという感覚はあるのだろうが、魔装が傷付いている様子はない。

奴の魔装がこちらの魔力を完全に上回っているということである。

これではあの猫魔人を倒すことができない。

ただの【紫電《ライラック》】では魔装を貫くことができないのだ。

おそらく何発も同じ箇所に当て続ければ、魔装を削ることも可能だろうが、奴の俊敏性がそれをさせてくれるはずもない。

（それなら……）

アメジストは目を細める。

魔人との戦闘において、相手の魔装を貫けなかった場合、二つの選択を迫られる。

一つは、先に相手の神器を破壊する。

神器から受けている恩恵を切断することで、大幅に相手の耐久力を下げる。

それによって魔装を貫けるようにするのだ。

そしてもう一つは……

（最大火力でぶっ放す！）

至極単純。貫けないのならば『貫ける一撃』を放つだけ。

先ほど雷撃を撃ち込んだ感触から、おそらく神器を破壊したところでこちらの魔法神聖力が上回るとは考えにくい。

それならば限界を超えた……もっと強力な一撃を直接撃ち込んだ方が確実だ。

そう決めたアメジストは、密《ひそ》かに〝左手〟をぎゅっと握りしめて背中に隠した。

一方で右手は変わらずに猫魔人を狙《ねら》い続ける。

「【紫電《ライラック》】！」

右手から紫色の稲妻が放たれる。

それをまたしても躱した猫魔人は、痺《しび》れを切らしたように飛び出してきた。

「そろそろ本気で行かせてもらうニャ！」

敏捷力が許す限りの全力疾走。

猫魔人は凄まじい脚力で、紫電《しでん》の間を縫うように駆け抜けてくる。

次第に距離が縮まっていき、やがて目の前まで来ると、アメジストたちを殺すために鉤爪《かぎづめ》を構えた。

（させないっ！）

瞬間、アメジストは右手を横に薙《な》ぐ。

まるで眼前の空間を撫《な》でるように右手を振ると……

「【紫電《ライラック》】！」

先ほどまで一直線にしか飛んでいなかった紫電が、三人を守る〝壁〟のようにバッと広がった。

雷の魔法を用いた即席の壁――『紫電の防壁』。言ってしまえばただの小細工である。

しかし目の前でそれを展開された猫魔人は、思わずぎょっと目を見開いた。

「ニャニャ！　そんな使い方もできるのかニャ！」

するとその時――

アメジストが背中に隠していた〝左手〟が、『ビリッ！』と突然痺れた。

（来たっ！）

待ち続けていたこの感覚。

まるで手を巡る血液が激しく加速する感じ。

魔力が最大まで蓄積された合図である。

これこそが【紫電の腕輪】が持つスキル――【蓄電】の効果。

最大威力の魔法を撃つための鍵《かぎ》だ。

【蓄電】

・掌《てのひら》を強く閉じることで魔力集中
・効果発動に伴い耐久値を大きく消耗

ただでさえ脆《もろ》い触媒系の神器の耐久値を、大幅に消費する諸刃《もろは》の技。

しかしこのスキルのおかげで、通常時よりも強力な【紫電《ライラック》】を撃つことができる。

それこそ速さも威力も桁違《けたちが》いの一撃だ。

加えて今は、すぐ目の前に猫魔人がいる。

こちらの『紫電の防壁』を目前に驚愕《きょうがく》しており、体が一時的な硬直に陥っているのがわかった。

今なら……当てられる。

（貫け雷撃っ！）

アメジストはビリビリと痺れる左手を猫魔人に向けた。

「【紫電《ライラック》】――！！」

瞬間、目が痛くなるほどの閃光《せんこう》が左手から迸《ほとばし》った。

視界が紫色の光で覆われる。

同時に耳をつんざくような轟音《ごうおん》と、落雷にも似た衝撃が辺りを揺らし、焼けつくような臭いが遅れて鼻を刺激した。

「が……あっ……！」

見ると、目の前にいたはずの猫魔人が、遠方の大木まで吹き飛んでいた。

全身から煙を上げて倒れ伏しており、時折ビクビクと体を痙攣《けいれん》させている。

最大火力の紫電が直撃した証《あかし》だ。

ずっと右手で魔法を撃ち続けていたこともあり、左手は完全に無警戒だったらしい。

左手でも紫電を撃つことは可能なのである。

それが功を奏したのか、あの忌々しい猫魔人に全力全開の雷撃をぶち込むことに成功した。

「はぁ……はぁ……！」

生死を分ける一瞬の攻防を経て、アメジストは重い疲労感に襲われる。

紫電を放った左手にも焼けるような痛みを感じて、思わず顔をしかめた。

（やっぱり、色々危険ね、この能力……）

自身への負荷も当然だが、何より一撃の破壊力がとんでもない。

今はまだ威力の調整も上手《うま》くはできないので、人に向けて撃つのは危険すぎる。

アメジストは改めてそれを理解した。

やがて彼女は息を切らしながら、倒れている魔人に近付いていく。

様子を確かめるように猫魔人を窺《うかが》うと、微動だにしない奴《やつ》を見てアメジストは安堵《あんど》した。

消滅しないということは、倒し切ることはできなかったみたいだが、完全に意識を失っている。

なら今のうちにこの場から離れた方がいい。

今ここで止めを刺してもいいが、それができるだけの魔力がほとんど残されていないのだ。

ゆえにアメジストは、傍らで見守っているスピネルとラピスに、急いでここから離れるように声を掛けようとした。

「もう大丈夫よ二人とも。魔人は私が……」

しかし、その刹那――

アメジストの後方から、喉《のど》をゴロゴロと鳴らすような声が聞こえてきた。

「いってて～、今のはさすがに効いたニャ～」

「――っ⁉」

聞こえるはずのない声。聞こえてはならない声。

アメジストは恐る恐る後ろを振り返る。

するとそこには、先ほど紫電で倒したはずの猫魔人が、笑いながら立っていた。

「う……そ……」

目を見開いて戦慄《せんりつ》するアメジスト。

そのアメジストを間近で見下ろす黒猫の魔人。

不気味な笑みをたたえるその魔人は、目の前の人間に対して激しい〝怒り〟を燃やすように、額に青筋を立てていた。

（なんで？　どうして？　意味がわからない……）

アメジストは目の前に立つ魔人を見て、ひどく混乱した。

最大威力の一撃だったのに。確かに体を撃ち抜いた感触があったのに。

「やっぱり紫のお前、冒険者の卵にしてはかなり強いニャ～。もうとっくに銀級《シルバー》冒険者と遜色《そんしょく》はない実力だと思うニャ」

猫魔人は本心からアメジストを称賛する。

そして鉤爪を装備した右手を構え、禍々《まがまが》しい笑みを深めた。

「だからこそ、アタシの〝一番〟の糧になってくれると思うニャ～」

「――っ！」

ぞくりと背筋に悪寒が走った。

殺される。間違いなくズタズタに引き裂かれる。

鉤爪を構える奴の手に、震えるほどの力が込められていることからも、こちらに抑えようのない激情を覚えているように見えた。

それは先ほどのアメジストの雷撃が効いた何よりの証でもある。

しかしそれが逆に、奴を怒らせる引き金となってしまった。

すると突如、アメジストは腹部に激痛を感じた。

「ぐあっ！」

その場から吹き飛ばされ、茂みを蹴散《けち》らしながら地面を転がる。

見ると、猫魔人は足を蹴《け》り上げていた。

アメジストはすぐに蹴飛《けと》ばされたのだと理解する。

痛みで体が軋《きし》んだが、すぐに地面に手をついて起き上がろうとした。

だが、猫魔人はそれを許してくれない。

瞬く間に目前まで来ると、奴はアメジストの腹を思い切り踏みつけた。

「ぐ……うっ……！」

「お前はただじゃ殺さないニャ。とことんまで苦しめてから八つ裂きにしてやるニャ」

背中を地面に押しつけられるかのように、容赦なく踏みつけにされる。

さらに猫魔人は面白がるように、ぐりぐりと執拗《しつよう》に腹を踏みにじった。

痛みと恐怖で体が動かない。魔法の使用回数もほとんど残されていないので抵抗もできない。

このままでは本当に奴に殺される。

奴の言う通り、神器を強化するためだけの〝一番の糧〟にされてしまう。

（私は、そんな一番になるために生きてきたんじゃ……）

人知れず絶望に暮れていると、突然傍らから少女たちの声が聞こえてきた。

「「アメ！」」

「……っ！」

慌てるようなその声に、アメジストは思い掛けずハッとする。

そうだ。今は現実に悲観している場合ではない。

自分はどうなったって構わない。だからあの二人だけは何としても助けなければ。

アメジストは痛みと恐怖に耐えながら頭を働かせた。

瞬く間の思考の末に導き出した結論は……

「あ、あんたたちは逃げなさい！」

「『えっ？』」

「ここにいるより逃げた方が安全よ！　いいから早く行きなさい！　こいつは私が……」

瞬間、猫魔人が『ザクッ！』とアメジストの左腕を爪で刺した。

「ぐあっ！」

「私が……どうするのニャ？」

「『アメ！』」

痛い。刺された箇所が焼けつくように痛い。

ただでさえ先ほど最大威力の魔法を撃つために左手を酷使したのだ。その上鋭い刃で貫かれて、アメジストは泣き叫びたくなるほどの激痛を感じた。

それでも何とか堪えてみせる。

そして彼女は必死で声を絞り出し、同時にスピネルとラピスに目で訴えた。

「い、いいから行きなさい！」

「『……』」

二人は涙で顔をぐしゃぐしゃに濡《ぬ》らしていた。

怖い。死にたくない。でもアメジストを置いていけるわけがない。そんな迷いが表情から読み取れる。

しかしアメジストの視線に背中を押されるかのように、二人はその場から走り出していった。

（そうよ。それでいい……）

自分には今、あの二人を『守る力』がない。

だから彼女たちをこの場から逃がすのが正解だ。

何よりこれは、弱い自分の責任だ。

自分がもっと強かったら、こんなことにはなっていなかったのだから。

「ま、あいつらは後でもゆっくりぶっ殺せるニャ。だからまずはお前からだニャ」

自分がBランクの神器を授かってしまったから。いや、そんな言い訳をするつもりはない。

もっと努力をしていればよかったのだ。

いつものように、一番を目指す努力を。

その努力が足りていなかったから、今こうして魔人に殺されかけている。

あの一撃でこいつを倒すことができていれば、こんなことには……

「どうして雷撃が効かなかったのか、不思議に思ってる顔だニャ?」

「……」

猫魔人は踏みつけにしている人間を見下ろしながら問いかける。

アメジストはそれを受けて、ピクリと眉《まゆ》を動かした。

図星だ。確かにそれについて不思議に思っていた。

どうして自分の最大電力の【紫電《ライラック》】で仕留めきれなかったのか。

単純にこの魔人の耐久力が優れているから、とも考えたが……

どうもそれだけではないように思える。

いや、それだけではないと信じたいのかもしれない。

自分の全力の一撃が魔人に通用しないだなんて、特別な理由がなければ納得なんてできない。

「うぅ～ん、まあ、ぶっ殺す前に特別に見せてやってもいいニャ」

猫魔人はそう言って鉤爪《かぎづめ》を掲げた。

「付与魔法《エンチヤント》――【闇雷《カオスボルト》】」

すると奴《やつ》の鉤爪に、『バチバチッ！』と〝漆黒の雷〟が宿った。

相当な威力の付与魔法《エンチヤント》。

しかもその属性は……

「黒い……雷《いかずち》……」

「その通りニャ。アタシの神器に宿ってる付与魔法《エンチヤント》がこんなんだからニャ、お前の魔法はアタシには効きづらいニャ。ビリビリ痺《しび》れるのは慣れっこだからニャ～」

こちらを馬鹿にするようにケラケラ笑う魔人を見て、アメジストは『くそっ！』と内心で毒づいた。

偶然にも、こちらの魔法と同系統の力を持っていたらしい。

アメジストは納得すると同時に、自分の運の悪さを呪《のろ》った。

「んまあ冥土《めいど》の土産《みやげ》にいいもの見せてやったってことで、そろそろ死んでくれニャ」

「――っ！」

猫魔人が黒い雷を宿した鉤爪を振り上げる。

アメジストはそれを見て、強く歯を食いしばった。

奴は先ほど、ただでは殺さないと口にした。

それならこっちは……

(ただで殺されて……たまるか！)

腹を押さえられているアメジストは、奴の足を全力で振り解こうとした。

それにより、完全に退かすことはできなかったが、僅《わず》かな隙間《すきま》が生まれる。

その瞬間、アメジストは地面を転がるように逃げ去り、すかさず魔人から距離を取ろうとした。

あと少しだけだが、魔法の使用回数は残されている。

それでなんとか一矢報いて……

と考えるアメジストのことを、

「ニャはっ！」

猫魔人は逃がしてくれなかった。

鋭い黒脚がアメジストの脇腹《わきばら》に突き刺さる。

「ぐあっ！」

再び蹴飛ばされて地面を転がると、今度こそ痛みで動くことができなかった。

それでもなんとか顔だけを上げて魔人の方を見ると、奴はニヤリと不気味な笑みを浮かべていた。

黒い雷を宿した鉤爪が構えられる。

華奢《きゃしゃ》な少女の体を貫くべく、鋭い刃が光る。

そして黒猫のような魔人は、土に食い込むほど足に力を込めて、地面を蹴った。

「じゃあニャ、独りぼっちの子猫ちゃん！」

殺意に満ちた刃が迫る。

殺される一歩手前まで追い詰められたアメジストだが、それでも彼女は諦《あきら》めずに思考を巡らせた。

【紫電《ライラック》】で迎撃するか？

いやここは、先ほどあいつの足を止めることができた『紫電《しでん》の防壁』を作るしかない。

それで動きが止まった一瞬に、改めて距離を取る。

そして再び『蓄電』のスキルで魔力を溜《た》めて、今度こそ確実に仕留め……

（…………もう、どうにもできないわよ）

アメジストはここに来て、初めて弱音をこぼした。

どう考えたって魔力を溜められない。そんな隙があるはずもない。

この状況を打開する手立てがまったく思い浮かばない。

認めるしかないのだ。

己の死を。敗北を。痛みと苦しみを。

今までの努力が無駄だったということを。

認める……しか……

「い……いや……」

アメジストは声を震わせる。

自分の最期がこんなにも惨めで、残酷なものだなんて、認めたくない。

だから彼女は、何者かに懇願する。

（たす……けて……）

今さら虫がいいのはわかっている。

懇願されても拒絶し続けてきた自分が言えたことではない。

それでも、願わずにはいられない。

強がりなんて言わない。

プライドなんて見せない。

正直で純粋な気持ちで願う。

（誰《だれ》か……助けて……）

少女の頬《ほお》に、涙が伝った。


「付与魔法《エンチャント》——【黒炎《ヘルフレア》】！！！」

刹那《せつな》、目の前で黒炎が吹き荒れた。

「えっ……」

アメジストと魔人の間に、荒《あら》ぶる黒炎が割り込む。

こちらに迫っていた猫魔人は、目をぎょっと見開いて咄嗟《とっさ》に後方へ飛び退った。

見るからに強力な黒炎。肌を突き刺すような熱気を感じる。

猫魔人が警戒して逃げたのも頷《うなず》ける一撃だ。

いったい、何が……

「大丈夫か、アメジスト」

唖然《あぜん》として固まっていると、やがて何者かが目の前に現れた。

黒炎を宿す剣を右手に下げ、背中をこちらに向けている。

野暮ったい布服と禍々《まがまが》しい剣の姿から、眼前に立っているのが先ほどの〝少年〟だということはすぐに理解できた。

理解できたからこそ、アメジストは自分の目を疑う。

（なん……で……）

どうしてこいつがここにいるのだろうか？

幻想？　見間違い？　もしくは夢？

そうとしか考えられない。

なぜなら彼女たちは、先ほどまで敵対していた者同士だからである。

試験人形を奪い取ろうとしたり、容赦なく魔法を撃ち込んだり。

それなのに、どうしてこいつが助けに来るのだろうか？

知らず知らずのうちに、その疑念が口からこぼれていた。

「どうして……ここに……？」

少年はちらりとこちらを一瞥《いちべつ》する。

次いで魔人の方に視線を戻すと、魔人が驚いて固まっていることを改めて確認した。

少年のことを警戒して、今は襲ってくる気配がない。

そうと判断したのだろうか、彼はその隙にアメジストの問いに答えた。

「さっき、物凄《ものすご》い雷がこの辺りで見えたから、あんたたちに何かあったのかと思って……。って、ダイヤがさ」

「……ダイヤ？」

すると遅れて、後ろの方からバタバタと足音が聞こえてきた。

見ると、それは確かにダイヤ・カラットだった。

泣き虫でいじめられっ子でノロマで、そして自分が幾度となく拒絶してきた哀れな少女。

それなのに彼女は、心の底から心配したような様子で、アメジストの元に駆けつけた。

「だ、大丈夫ですかアメジストさん⁉　何かあって……って、左腕から血が！　早く止血しないと！」

「……」

こちらの傷を見て慌てふためく銀髪の少女。

目の前でそんな姿を見せられて、アメジストは胸がちくりと痛む。

自分のために、駆けつけて来てくれた？

傷付いている姿を見て、心配してくれている？

なんで……なんで……

「なんでよ！」

「……？」

「なんであんたが私のこと心配するのよ！　なんで助けに来てくれるのよ！　頼んだ覚えなんてない！」

アメジストは訳がわからなくなり、気が付けば怒鳴り声を上げていた。

なんで自分のことを心配してくれるのだろうか。

雷が見えたからといって、慌てて駆けつけて来てくれるのだろうか。

あんなに拒絶したのに。わざと距離を置いてきたのに。

それなのになんで……

その疑問に、銀髪の少女は間髪を容《い》れずに答えた。

「〝友達〟だからです」

「えっ……」

「アメジストさんがどう思っているのかは、私にはわかりません。私のことを嫌っているかもしれません。それでも……」

目の前の少女の真《ま》っ直《す》ぐな視線を受けて、アメジストは唖然とした。

一番になることが、友達を作る最善の方法だと思い続けてきた。

だから自分からその一番を奪い取ったこの子とは、決して仲良くなれないと思っていた。

一番の人間は、二番の人間に興味なんかないからである。

何よりこの子は、いつも自分の背中を追いかけてきていた。

それなのに祝福の儀では先を行かれ、もう自分が用済みなのだと言われた気がした。

仲良くなれないとわかっているなら、いっそ関わり合いにならない方がいい。

そう思ったからこそ、ダイヤのことを突き放し続けた。

（それでもこの子は、私のことを友達と言ってくれるの？　意地悪で、嫉妬《しっと》深《ぶか》くて、一番になれなかった私のことを……）

ダイヤは汚れのない瞳《ひとみ》で、アメジストを見つめた。

「アメジストさんは私にとって、『一番の友達』です！」

「……っ！」

頬をバチンッと引っ叩《ぱた》かれるような衝撃。

今まで曇っていた視界が、晴天のように晴れた気がした。

自分はダイヤにとって、頼り甲斐《がい》のある姉だと思ってきた。

だから神器のランクで負けた時、姉妹のようなこの関係も終わりだと思った。

でも違ったのだ。姉妹のような関係が終わっても、自分はダイヤにとって一番の……

自分が間違っていたのだと、アメジストは本当に遅まきながら痛感した。

「……ニャはは、さっきから黙って聞いていれば、こっちのことは完全に無視かニャ。もう助かった気でいるなら大間違いだニャ」

邪魔が入り、憤りを覚えている猫魔人が、黒雷を宿した鉤爪《かぎづめ》を構えて睨《にら》みつけてきた。

アメジストは思い出したかのように、ビクッと体を強張らせる。

そう、戦いはまだ終わっていない。

魔人が放つ強烈な殺気を感じ、アメジストは今一度恐怖を覚えた。

しかし、その殺気と視線を遮るように、黒炎の直剣を手にする少年が前に立つ。

「させると思うか」

「……」

少年と魔人が視線を交わらせて火花を散らす。

すると痺《しび》れを切らした猫魔人が、鉤爪を構えて飛び出してきた。

「ニャはっ！」

黒い稲妻を迸《ほとばし》らせながら、凄《すさ》まじい速度で接近してくる。

それを目の当たりにした少年は、すかさず後方のダイヤに一声を掛けた。

「ダイヤはアメジストを！」

「は、はいっ！」

少年の指示に従い、銀髪の少女が盾を構えてアメジストの前に立つ。

一方でアメジストはその少女の肩越しに少年を見据えて、思わず声を張り上げた。

「バカっ！　あんた一人じゃ――！」

絶対に殺される。

あの黒猫の魔人は明らかに強敵だ。

少なくとも実力は、冒険者階級で銀級《シルバー》相当はあると思われる。

ゆえに冒険者でもないただの卵が太刀《たち》打ちできる相手ではないのだ。

錆《さ》び剣使いの少年が異質な存在だというのはすでに承知している。だけどそれでも奴《やつ》に勝てる想像がつかない。

せめて戦うなら三人で。そしてできれば一人でも生き残るために、逃げることを最優先して考えてほしい。

張り詰めた状況でアメジストは少年に叫ぼうとした。

だが……

「えっ……」

少年は魔人の速攻を、水色の瞳で確かに捉《とら》えていた。

魔人が突き出してきた鉤爪を、下から掬《すく》うように黒剣で斬り上げる。

互いに強力な付与魔法《エンチャント》が掛かっているため、衝突した瞬間に黒炎と黒雷が激しく火花を散らした。

その衝撃によって魔人が大きく仰反《のけぞ》る。

そこで少年は、がら空きになった魔人の腹部に、閃《ひらめ》くような速さで前蹴《げ》りを繰り出した。

「はあっ！」

重く響くような音が鳴り、その衝撃が地面を伝ってこちらまでやってきた。

すると黒猫の魔人が後方へ吹き飛んでいく。

魔装に傷は付いていないものの、奴は予想だにしていなかった反撃を受けて唖然としていた。

同様にアメジストも、信じられない光景を目の当たりにして言葉を失くした。

（……強い）

鮮烈だった。衝撃的だった。思わず幻覚を見ているのではないかと己を疑った。

自分たちと戦った時は、まるで全力ではなかったのだろうか。

常人ならざる力と速さ。それでいて剣の扱いや身のこなしについてはまだ拙い部分が見受けられる。

身体能力と技量が釣り合っておらず、その不調和性には違和感を禁じ得なかった。

しかし逆に言えばそれは、潜在能力だけであの魔人を圧倒しているという事実に他ならない。

あの神器から、いったいどれだけ莫大《ばくだい》な恩恵を得ているのだろうか。

そしてもしその莫大な恩恵を、完璧《かんぺき》に使いこなすことができるようになった時、少年は如何なる存在へ昇華してしまうのだろう？

少年の右手に握られた禍々《まがまが》しい神器を見つめて、アメジストは人知れず背筋を震わせる。

神器は具現化された才能。

目の前に佇《たたず》む可能性の塊に、アメジストは計り知れない衝撃を受けた。

5

「ニャはは、お前かなり強いんだニャ。今の一撃で神器の耐久値がごっそり持っていかれたんだニャ。いったい何者だニャ？」

「……」

黒猫のような魔人にそう問われたが、僕は何も答えなかった。

バカ正直に試験参加者と伝えても、魔人には意味が通じないだろう。

そう思って黙り込んでいると、不意に黒猫の魔人がつまらなそうに肩をすくめた。

「まあ、そんなのどうでもいいかニャ。アタシの神器の糧になってくれさえすれば、強い奴でも弱い奴でも関係ないのニャ」

不気味な笑みを浮かべる魔人を、僕は見定めるように睨みつけた。

この魔人、かなり強い。

戦い慣れしているのもそうだが、神器の性能《プロパティ》が相当に上等だ。

付与魔法《エンチャント》を掛けた【呪《のろ》われた魔剣】で、一撃で破壊することができなかった。

個体としての危険度で言えば、おそらく以前に戦ったあの黒狼の魔人よりも上。

どうしてこんな凶悪な魔人がこの危険域《エリア》にいるのだろうか。

まさか答えてくれるとは思わなかったが、一応魔人に尋ねてみた。

「どうしてここで人間を襲っているんだ」

「んニャ？」

「どうして冒険者試験が行われているこの危険域《エリア》で、お前は人間を襲っているんだ」

もしかして冒険者試験のことを知っていたのか？

そうだとしたら試験関係者に魔人と内通している者がいるということになる。

それだけは信じたくないと思って問いかけてみると、黒猫の魔人は心底うんざりしたような顔で言った。

「こっちの質問には答えてくれないくせに、そっちからは質問するのかニャ。まったくふざけたガキだニャ」

しかし奴はそう言って面倒臭そうにしながらも、こちらの問いに返答した。

「お前、飯を食う理由を聞かれて、『腹が減ったから』以外の答えを返せるかニャ？」

「はっ？」

「物凄く単純な話ニャ。アタシら魔人は人間を恨む魂から作られてるニャ。そして人間が苦しむところを見るのが何よりの楽しみだから、『人間が多い場所』で狩りをしてるってだけの話ニャ。さすがに町だと人間の眼《め》があり過ぎるけどニャ」

じゃあ、この危険域《エリア》にいたのは〝たまたま〟ってことか。

それなら内通者がいるわけではなさそうだ。

でもどうしてギルドの職員さんが、試験前にこいつの存在に気付けなかったのだろうか。それは謎のままである。

それにしてもこいつ、人間を襲うのがまるで日常の一部だとでも言いたげな様子だ。

人が〝空腹〟を感じて物を食べるのと同じように、魔人の欲求には〝人殺し〟が当然のようにあると。

密《ひそ》かに歯を食いしばっていると、黒猫の魔人は恍惚《こうこつ》とした表情でさらに続けた。

「アタシは人間を弄《もてあそ》ぶのが大好きだニャ。泣き叫んで苦しんで命乞《いのちご》いをしてくる連中を、少しずつ引き裂いていくのが堪《たま》らなく好きなんだニャ」

黒狼の魔人を見た時も思ったが、やっぱりこいつらはどこまで行っても〝恨みの塊《かたまり》〟なんだ。

人間を恨む魂を邪神が掬い取り、魔族という形に変貌《へんぼう》させて召喚している。

人殺しこそが至高の娯楽。そういう連中なんだ。

「それと、気持ち悪く連《つる》んでる人間共の化けの皮を剥《は》がしてやるのも、すっごく楽しいんだニャ」

「はっ？」

「パーティーっていうのを襲った時にいつもやってることニャ。そいつらで殺し合いをさせて生き残った奴だけ助けてやるっていう遊びだニャ。ひどく滑稽《こっけい》で本当に笑えるのニャ。その時まで仲良しこよししてた人間共が、我が身可愛さに仲間をぶっ殺していくのはニャ」

喉《のど》を鳴らすように笑う魔人を見て、僕は密かに怒りの炎を灯《とも》した。

そこに油を注ぐかのように、奴《やつ》はダイヤとアメジストに目を向けて続ける。

「さっきそこの銀髪も『一番の友達』とか気持ちの悪いことを言ってたけどニャ、どうせお前らだってちっちゃな亀裂一つ入ればすぐに決別するニャ。自分を生かすためだけに相手を殺すに決まってるのニャ」

再び芽生えた友情を否定され、ダイヤはつぶらな瞳を大きく見開いた。

そして激しくかぶりを振るように、確かな声音で言葉を返す。

「私たちは、絶対にそんなことしません」

「いいやするのニャ。絶対にするはずニャ。今は言葉で何とでも言えるけどニャ、実際に同じ状況になればその綺麗事《きれいごと》だって言えなくなるはずニャ！」

黒猫の魔人は、まるでそれを証明するかのように走り出した。

ダイヤとアメジストだけを狙《ねら》うべく、僕を無視するように回り込んでくる。

そしてケラケラと不気味な笑い声を上げながら、凄まじい速度で彼女たちに接近していった。

すかさずダイヤは盾を構えてアメジストを守ろうとする。それを嘲笑《あざわら》うように黒猫が飛び掛かる。

刹那《せつな》……

「――っ！」

僕は無言の叫びを迸らせ、魔人の目前に飛び込んだ。

そして突き出された鉤爪を右手の魔剣で弾き返す。

すると魔人は上体を大きく仰《の》け反《ぞ》らせながら、黄色い瞳を大きく見開いた。

その隙に僕は左拳《こぶし》を握り、全力で振り抜く。

「う……らあっ！」

怒りの鉄拳《てっけん》が、猫の右頬に鋭く突き刺さった。

その勢いで魔人は僅《わず》かに後退したが、頬に傷は付いていない。

魔族の魔装は神器でなければ貫けないため、拳で傷付けることはできないのだ。

それでも奴は一撃をもらった事実に怒りを覚えたようで、眉間《みけん》に深々とシワを寄せている。

癪《しゃく》に障ったか？　苛立《いらだ》ったか？　でもな、僕の方がよほど怒っている。

「二人の〝絆《きずな》〟は確かなものだ。お前みたいな小物が簡単に引き裂けるものじゃない。何より僕が、絶対にそんなことさせるものか！」

魔人を威嚇するように、僕は【呪われた魔剣】の切っ先を真《ま》っ直《す》ぐに向けた。

ダイヤとアメジストがようやくのことで絆を取り戻しかけているというのに、ここで、こんな奴に汚されてたまるものか。

すると奴は、殴られた憤りで感情が荒ぶったのか、今までにないドスを利かせた声を出した。

「調子に乗るなよ人間ッ……！　たまたま一撃入れられただけでいい気になるんじゃねえッ！」

黒猫の魔人は叫び声を上げるようにして唱えた。

「付与魔法《エンチャント》――【闇雷《カオスボルト》】！」

瞬間、『バチバチッ！』と弾ける音が鳴り響き、鉤爪に新たな黒雷が迸った。

付与魔法《エンチャント》の掛け直し。

付与魔法《エンチャント》は持続時間が決まっているので、効果が切れそうな時に魔法を掛け直す戦術がある。

どうやら奴の殺意は、僕が拳を入れたことでさらに轟々《ごうごう》と燃え盛ったようだ。

付与魔法《エンチャント》を掛け直した魔人は、僕たちを目掛けて突っ込んできた。

「ニャッ！」

右手に装備された鉤爪《かぎづめ》が真っ直ぐに僕の喉元《のどもと》に迫ってくる。

すかさず僕は【呪われた魔剣】を盾のようにして構えて鉤爪をいなした。

こちらもいまだに付与魔法《エンチャント》が掛かっている。神聖力で劣ることはまずない。

ただ、やはりこいつは素早いな。

神器の恩恵値が高いのはもちろんだろうが、素の身体能力が人間離れしている。

気を抜けば懐に潜り込まれそうで正直怖い。

戦闘慣れもしているみたいなので、かなり厄介な魔人だ。

でも……

「はあっ！」

僕は迎撃するように魔剣を振り下ろした。

その一撃は黒猫の魔人に避けられてしまうが、すかさず放った二撃目が僅かに敵の腹部を掠《かす》める。

魔人は驚き跳ねるように距離を取り、歪《ゆが》めた顔でこちらを睨《にら》みつけてきた。

確かに奴は強い。でも、【呪《のろ》われた魔剣】から驚異的な恩恵を受けている僕なら充分に太刀打《たちう》ちできる。

僕はまだ戦闘に関しての知識は皆無だし、経験に至っては乏しいの一言に尽きる。

それでもこうして凶悪な魔人と渡り合うことができているのは、それだけ僕の魔剣がとんでもない性能《プロパティ》を有しているという事実に他ならない。

加えて奴は現在憤怒に満ちた状態で、僅かに攻撃が単調になっているため、幾分か動きが読みやすくなっているのだ。

神器の性能《プロパティ》と幸運に助けられているだけで、なんとも情けない限りだが、今はそれでも構わない。

今は、この戦いに勝てれば、それだけで充分だ！

「なんなんだニャこのガキッ！」

今度は逆に僕の方から攻撃を仕掛けた。

右手に握った【呪われた魔剣】を縦や斜めに振り回していく。

型や戦略など何もありはしない不細工な剣さばき。

それでも神器の恩恵によって凄《すさ》まじい威力と速度が出ている。

戦闘に長《た》けた魔人でさえも苦渋の顔で剣から逃れていた。

時折切っ先が敵の体を掠めていく。刃に宿る黒炎が肌を焦がしていく。

このまま攻め続ければ勝てるっ！

……と、思った束《つか》の間《ま》、

「ぐっ！」

突如として、猛烈な頭痛が襲い掛かってきた。

頭の中にある意識そのものを締め付けてくるような激痛。

立つこともままならなくなる痛みと苦しさ。

間違いない。これは【呪われた魔剣】に宿された『呪《のろ》い』だ。

試験開始時から幾度となく戦闘を重ねてきた。思った以上に魔剣を使い過ぎていたみたいだ。

あまりの苦しさに僕は剣を止めて、膝《ひざ》をついて息を切らした。

そして歯を食いしばって黒猫の魔人を見上げる。

くそっ、こんな時に！

「んニャ？　どうしたんだニャ？　急に元気が無くなったみたいだけど、もしかして動けなくなったのかニャ？」

「くっ……！」

魔人は苦渋に歪めていた顔を一転させ、勝気な笑みをその猫のような面にたたえていた。

僕の不調を悟って勝利を確信している様子だ。

「なんか変な神器だと思ってたけど、まさか時間制限みたいなものでもあったのかニャ？　まあ理由なんかどうでもいいかニャ。こっちが好都合なことに変わりはないんだからニャ。てなわけで、さっさと死んでくれニャ」

「く……そっ……！」

黒猫の魔人は、稲妻が迸《ほとばし》る鉤爪を振り上げて不敵に笑う。

そして躊躇《ためら》うことなく殺意に塗《まみ》れたそれを振り下ろしてきた。

僕はただ、迫る魔手を見つめて、固まることしかできなかった。

「ラストさんっ！」

刹那、目の前で銀色の髪が揺れた。

同時に鉤爪と大盾が激しく衝突し、『ガンッ！』と甲高い音が森に響き渡る。

黒猫の魔人は目を見張り、急いで後方へ飛び退った。

邪魔が入ったせいで、不機嫌そうに顔をしかめている。

そして目の前に立つ華奢《きゃしゃ》な少女は、怯《おび》えた様子ながらも確かな視線をこちらに向けた。

「ラストさんが回復するまで、私が持ち堪えます！」

「ダイヤ……」

事情を知っているダイヤが、僕が呪いで苦しんでいることを察して駆けつけて来てくれたのだ。

本当に助かった。

僕の代わりにダイヤが敵の前に立つことになり、アメジストと二人で彼女の背中を見つめることとなる。

その隙に僕は【呪われた魔剣】を【さびついた剣】に戻した。

おかげで呪いが引いて頭痛が収まるけれど、残留する痛みのせいでろくに動けそうにない。

ここはしばらくダイヤに頼るしか無さそうだ。

「お前が一番可能性ないと思うけどニャ。お前にいったい何ができるんだニャ？」

「私には、守る力があります！」

震えた声でダイヤは返していた。

同じように手足も震えていて、若干腰が引けている。

魔人から見たら確かに可能性が無さそうな人物に映ることだろう。

でも、ダイヤならきっと大丈夫だ。

自分でも言っていたように、彼女には〝守る力〟があるのだから。

「それなら、ちゃんとその証拠を見せてくれニャ。これでも守れるっていうんだったらニャ」

なぜか自信ありげにそう言うと、突如として黒猫の魔人の姿が陽炎《かげろう》のように揺らいだ。

次第にその揺らぎは大きくなっていき、やがて空気に溶けるようにして姿が見えなくなってしまう。

消えた？　いったいどういうことなんだ？

「そいつは透明になる力を持ってるの！　攻撃してくるまで姿が見えないわ！」

アメジストがすかさず助言の一声を上げた。

透明になる力。おそらく神器に宿されたスキルだろう。

それを知っているということは、この能力を使われてアメジストは襲われたようだ。

雷の付与魔法《エンチャント》に並んでかなり厄介な奥義。

今度こそ確実に僕たちを殺すつもりらしい。

アメジストの助言に従い、ダイヤは周囲を警戒するように辺りを見回した。

同じように僕も周りを見渡してみる。

しかし、まるで気配を感じない。透明になっているだけではなく、気配を悟らせない身のこなし

も心得ているようだ。

おそらくこの能力でギルド職員の警戒の目を掻い潜り、この危険域《エリア》に侵入したのではないだろうか。

透明になれるのなら、危険域《エリア》への侵入と潜伏は容易《たやす》い。しかし人の町に忍び入って人々を襲っていないところを見ると、効果は永続的ではないようだ。

加えて攻撃する瞬間に姿を現すということは、激しい動きによっても能力が解除されるらしい。

それでも充分に脅威的な能力だが。

そしてたった今も、ゆっくりと暗殺の機会を窺《うかが》っている。

「……っ！」

するとダイヤは、突然僕たちがいる背中側を振り返った。

そして閃《ひらめ》くような速さで僕たちの横を走り抜けていき、なぜか後方へ【不滅の大盾】を構える。

「はっ！」

その瞬間、『ガンッ！』という甲高い音が僕たちの耳を打った。

見るとダイヤの目の前には、あの黒猫の魔人が神器を突き出した体勢で立っていた。

鉤爪の突きを盾で防がれて、驚いたように目を丸くしている。

あまりに突然のことに困惑した僕とアメジストは、瞳《ひとみ》を見開いてダイヤの背中を見据えた。

どうして僕たちの後ろから攻撃が来るとわかったのだろう？　完全にダイヤの死角だったはずだ。

「ニャははっ！　偶然って怖いもんだニャ！　当てずっぽうで攻撃を止められたのは初めてだニ

ヤ！　でも、そう何度も上手《うま》くいくかニャ？」

すぐに気を取り直したらしい猫魔人は、再び能力を使って姿を消した。

当てずっぽう、だったのだろうか？

今、ダイヤの防備には、確かな思考による動きがあったように見えた。

死角であるにも拘わらず、正確に魔人の鉤爪を大盾で防御しに来た。

そこに無闇矢鱈《むやみやたら》な様子は微塵《みじん》もなく、確信を持って行動していたように思う。

少なくとも僕の目には、偶然起きた出来事ではないように見えた。

もしこれがただのマグレではなく、彼女の実力によるものだとしたら……

「はっ！」

再びダイヤが盾を構えて奇妙な方向へ走り出した。

僕とアメジストが控えている場所の左後方。特に何も見えない空間に盾を突き出す。

するとまたしても盾の正面に何かがぶつかり、大きな金属音を響かせた。

「ニャッ⁉」

その瞬間、黒猫の魔人が透明な空間から姿を現した。

またしてもダイヤは、想定外の方向からの不意打ちを見事に防いでみせた。

ここまで来れば、さすがに奴《やつ》も自らの誤認に気付いたようだ。

ダイヤは見えない敵の攻撃を、完璧《かんぺき》に防ぐことができる。

思えば試験開始時から何度も魔物に襲撃されてきたが、そのすべての攻撃をダイヤは事前に察知していた。

たまたまかもしれないと僕も思った。たまたま魔物の姿が視界の端とかに映って、僕より先に敵の襲撃に気付いていたのではないだろうかと。

でも、今この時をもって、その疑心は間違いであったと確信した。

たまたまじゃない。ダイヤは敵意や危険を感じ取る特別な能力を持っている。

姿が見えない相手でさえも完璧に感知する力。

野生の獣を凌駕《りょうが》するほどの鋭敏な直感。

そしてそれは神器によるスキルではなく、言ってしまえばただの〝才能〟。

まさに【不滅の大盾】を与えられるに相応《ふさわ》しい、未来予知にも等しい先見の才の持ち主だ。

彼女にはどんな不意打ちや速攻も通用しない。

「クソッ！　こいつもなんなんだニャ！　どうしてアタシの場所がわかるんだニャ！」

黒猫の魔人は僕たちから距離を取ると、三度スキルの効果で姿を消した。

と同時に、僕の頭痛もじわりと和らぐ。

ダイヤが時間を稼いでくれたおかげで、だいぶ意識が楽になってきたぞ。

今なら使えるかもしれない。

僕は静かに闘争心を燃やし、右手の【さびついた剣】を【呪《のろ》われた魔剣】に進化させた。

まだ僅《わず》かに頭痛が残り、意識がぼんやりとしかけているけれど、少しの間なら問題は無さそうだ。

ダイヤが作ってくれたこの僅かな時間で、ケリをつけろ！

僕は顔をしかめながらダイヤの前に出て、【呪われた魔剣】を構えた。

「ダイヤ、敵の位置を教えて！」

「えっ？」

突然の問いかけに、ダイヤは疑問符を顔に浮かべて戸惑う。

しかし質問を返している暇はないと思ったのか、すぐに疑問符を振り払って答えてくれた。

「あっちの方角です！」

右斜め前を指差す。

大方の位置を把握した僕は、ダイヤとアメジストを庇《かば》うように立ち、魔剣を左脇に構えた。

そして力強く柄を握り締めて、唱える。

「付与魔法《エンチャント》──【黒炎《ヘルフレア》】！」

黒い刀身に、さらに黒々とした豪炎が迸る。

これで神聖力最大。

そして近くに試験参加者、および人の気配は無し。

傷付いたアメジストはダイヤが盾で守ってくれている。

ゆえに問題はない。

だから全力で行けっ！

僕は左脇まで引いた【呪われた魔剣】を、力の限り水平に薙《な》ぎ払《はら》った。

「せ……やあぁぁぁぁ────！！！」

喉《のど》の奥から迸る叫びと共に、強烈な〝突風〟が吹き荒れた。

その正体は、ただの〝剣圧〟。

しかし超人的に強化された筋力により、剣で空を切っただけで暴風を発生させるまでに至った。

同時に、魔剣に宿された漆黒の業火が、突風に乗って辺りに四散する。

竈の炎に強く息を吹いたような、そんな轟音《ごうおん》が響き渡り、僕らの目の前に広がる森の景色《けしき》が扇の形に焼き払われた。

「う……そ……」

いまだに熱い風が吹き荒れる中、ダイヤが銀髪を押さえながら掠《かす》れた声を漏らした。

アメジストに至っては言葉を失くして完全に固まっている。

僕もまだ全力で魔剣を振ったことはなかったので、よもやここまでの威力が出るとは思いもしなかった。

しかもここぞという時にしか使わないと決めた、凶暴な付与魔法《エンチャント》を纏《まと》っての一撃だったので、なおのこと予想なんてつかない。

でも、姿が見えない相手にはこうするしかないと思ったのだ。

前方を可能な限りの広範囲で焼き尽くす。

すると思惑通り、薙ぎ倒《たお》された木々に交じって一人の魔人が倒れていた。

奴は体の至る所に黒炎に焼かれた跡を残し、額に深々と青筋を立てていた。

「む……ちゃくちゃしやがってぇ！　殺してやるニャ！　絶対にあいつはズタズタに引き裂いて

……」

激昂《げきこう》する魔人を視界に捉《とら》えた瞬間、僕はすかさず地を蹴《け》った。

可能な限りの最大速度で黒猫の魔人に肉薄する。

また姿を消されると厄介だ。

こちらに立ち向かってくるならまだしも、森の中に潜伏されては見つけようがない。

それに魔剣の持続時間も残り僅か。再び頭痛がひどくなってきたので、いつ意識が途切れてもおかしくない。

だから、その前に確実に……

「ここで倒す！」

「ニャッ⁉」

魔人の眼前まで迫ると、つり目立った猫のまなこと視線がぶつかった。

それと同時に僕は、再び左脇に黒炎の魔剣を構える。

そして……

「は……あぁっ！」

躊躇《ちゅうちょ》なく【呪われた魔剣】を叩《たた》きつけた。

呆然《ぼうぜん》と佇《たたず》む魔人の横腹に、『ガッ！』と黒い刃が食い込む。

その衝撃で神器を纏う黒炎が弾け、僕と魔人の姿を瞬くように照らした。

頭が痛い。視界がかすむ。全身が鉛のように重たい。

今にでも呪《のろ》いによって意識を持って行かれそうだ。

でも、足を止めるな。力を抜くな。剣を放すな。

このまま全力で、振り抜けっ！

「う……らあああぁぁぁ――――――――！！！」

右手に握った愛剣に、持てるすべての力を込める。

瞬間、猫魔人の右脇腹から入り込んだ刃は、黒炎を吹き散らしながら……

「ガハッ……！」

流れるように、左脇腹から抜け出た。

魔人の体は黒炎の刃に裂かれ、上下の半身となって地面に倒れた。

一瞬の静寂がこの場を包み込む。

すると猫魔人は、半身の状態でこちらを見上げ、血が滲《にじ》む勢いで唇を噛《か》み締《し》めた。

「ク……ソッ……！」

それを最後に奴《やつ》は、全身を光の粒と化して消滅した。

後に残されたのは、僕たちを散々苦しめた鉤爪《かぎづめ》の神器と、黒い光を宿す結晶だけだった。

「はぁ……はぁ……はぁ……！」

黒猫の魔人の消滅と同時に、僕は息を切らして膝《ひざ》をつく。

呪いの影響で頭痛が激しくなってきて、堪《たま》らずにそのまま地面に倒れ伏した。

勝てた。あの魔人に勝つことができた。その勝利の余韻に浸る暇もなく……

僕の意識は、暗闇《くらやみ》の底へ落とされた。


「……トさん！　ラストさん！」

「んっ……」

ぼんやりとした意識の中、少女の呼び声が薄《う》っすらと響いてきた。

重い瞼《まぶた》を上げてみると、そこには……

「ダイ……ヤ？」

「よ、よかったです。このまま目が覚めないんじゃないかと……」

心配そうに僕の顔を覗《のぞ》き込むダイヤがいた。

そしてその後ろにはアメジストも立っている。

二人とも倒れている僕のことを、険しい表情で見つめていた。

そうか。呪いのせいで意識を失っていたみたいだ。まだかなり頭が痛い。

僕は顔をしかめながら、頭を押さえて上体を起こした。

「僕、どれくらい眠ってた？」

「ほんの数分ですよ。魔人を倒した後に意識がなくなってしまって、急いで駆けつけてずっと名前を呼んでいました。目が覚めて本当によかったです」

胸《むね》を撫《な》で下《お》ろすように安堵《あんど》するダイヤの頰《ほお》には、僅かに湿った線が残されていた。

そんなに心配しなくても大丈夫なのに。呪いは何も死ぬわけじゃないんだから。

それに勝負が決した瞬間、咄嗟《とっさ》に【呪《のろ》われた魔剣】を【さびついた剣】に戻したから、呪いの影響を最小限に抑えることもできた。

おそらく僕が倒れたのは、呪いの〝余波〟によるものだと思う。

でなければ昏倒《こんとう》して数分で起き上がることはできなかっただろう。

しかしそれは逆に言えば、魔人を倒すのにあと十秒、いや数秒でも手間取っていたら、負けていたのは確実に僕の方だったということだ。

呪いの〝本流〟を受けて長時間の昏睡《こんすい》に陥り、その隙にあの魔人に殺されていた。

そう思うと背筋が震えて、額に冷や汗が滲んでくる。

かなり強い魔人だった。

このような恐ろしい魔人が、まだ世界にたくさん存在している。

そいつらに負けないためにも、もっと【呪われた魔剣】を使いこなせるようにならなきゃいけない。

呪いに耐えられるようになるのもそうだけど、たぶん僕はまだ【呪われた魔剣】の莫大《ばくだい》な恩恵を最大限生かすことができていないのだ。

力任せに神器を振ったり走り回っているだけで、超人的な力を持て余している。

現在発揮できている恩恵値は、各数値せいぜい300くらいではないだろうか。

宝の持ち腐れと言っても過言ではない。

もし完璧にこの神器を扱うことができていたら、今回の戦いだって一瞬で片が付いていたはずだ。

つまり、僕はまだ弱い。

もっともっと、強くならなきゃ。

憧《あこが》れのあの人に、追いつくためにも。

「だ、大丈夫ですかラストさん？　もう少し休んでいた方が……」

「なんとか、大丈夫だよ。まだ少し、頭が痛いけど……」

無理矢理に笑みを浮かべる。たぶん引《ひ》き攣《つ》っていることだろう。

だからダイヤは変わらず心配そうな眼差《まなざ》しで僕を見つめてきた。

すると今度は、彼女の後ろに立つアメジストが、地面にうずくまる僕に言った。

「あんた、いったい何なのよ？　本当にあの魔人を倒しちゃうなんて……」

その掠れたような声音と、大きく見開かれた紫色の瞳《ひとみ》からは、信じがたいという思いがひしひしと伝わってくる。

まあ、僕みたいな軟弱そうな男子が、恐ろしい魔人を目の前で倒すなんて、そりゃ不可思議な光景に映ったことだろう。

僕自身もこの力……自分の神器についてまるでよくわかってないし。

だから上手《うま》く説明できないと思い、僕は戯《おど》けた感じで肩をすくめた。

「まあ、倒した後がこのザマじゃ、かっこも全然つかないけどね」

思わず苦笑が漏れてしまう。本当に不細工な格好だ。

なんてやり取りをしていると、ぼんやりとしていた意識が少しだけ晴れてきた。

まだしばらくは神器を使えないと思うけど、歩けるくらいには回復したと思う。

僕はおもむろに体を起こし、やがて思い出したようにアメジストに尋ねた。

「それよりもアメジスト、あの〝死神姉妹〟はどうしたの？」

「はっ？　死神？　って誰《だれ》のことよ？」

「もしかしてスピネルさんとラピスさんのことですか？」

鎌を使う黒ドレスの二人だったので、つい死神姉妹と呼んでしまったが。

ダイヤが察して補足してくれて、アメジストはハッと我に返った。

「あの子たちはここから逃がしたのよ。ここにいるよりは安全だと思って……」

「でしたら早くお二人のことを探しに行きましょう。神器を失った状態で森を徘徊《はいかい》するのは危険ですから」

僕もその意見に賛成だった。

神器が使えない状態で危険域《エリア》を彷徨《さまよ》うのは自殺行為に等しい。

冒険者試験中ということで、あらかた魔物は狩り尽くされているだろうが、それでも心配は心配だ。

神器を壊したのは僕なんだけど。だからこそ少なからず責任もある。

上手く誰かしらと合流できていれば、それが一番いいんだけど。

にしても、あの二人を逃がしてアメジストだけ戦っていたということは、もしかしてアメジストは二人の盾になったのだろうか？

まあ、傷だらけの体を見て何となくだけど察せる。

魔人に襲われてどうしようもなくなり、あの二人だけでも生かそうと囮《おとり》になった。

親しい相手にはとことんお姉ちゃん肌みたいだな。

とにもかくにも僕たちは、逃れた姉妹を追いかけることにした。

と、その前に僕は、地面に落ちている魔人の魔石と黒い鉤爪を拾い上げた。

名前：黒猫の鉤爪《かぎづめ》
ランク：B
レベル：25
神聖力：280
恩恵：力＋260　耐久＋230　敏捷《びんしょう》＋280　魔力＋200　生命力＋200
魔法：【闇雷《カオスボルト》】
スキル：【隠密】
耐久値：85／240

やっぱり相当な性能《プロパティ》の神器だったみたいだ。

奴自身も戦い慣れしていたみたいだし、ここで仕留めることができて本当によかった。

下手《へた》をしたら冒険者試験に参加している人たちが軒並み殺されていたかもしれないし、町への侵入を企《たくら》んでいたのだとしたら予測もできないほどの犠牲者を出していたに違いない。

「んっ？　どうしたんですかラストさん？」

「あっ、ごめん。なんでもないよ」

僕は拾った物を腰の布袋に収めて、ダイヤとアメジストに続こうとした。

だが、その寸前――

「あっ、君たち！」

「……？」

突然どこからか男性の声が聞こえてきた。

辺りを見回してみると、後方の木の裏に二人の人物がいることに気が付く。

背中に『長い棒』を背負っている女性と、妙に『分厚い手袋』をしている男性。

おそらくそれらは『神器』だと思う。

なんとも奇抜な神器だが、それよりも特徴的なのはお揃《そろ》いで着ている白い襟付きシャツと黒いベストだ。

見覚えのある格好。たぶんこの人たち……

「もしかして君たちが報告にあった、猫型の魔人と交戦中という試験参加者か？」

「は、はい。たぶんそうです」

そんな稀有《けう》な状況に陥っている参加者が、僕たちの他にいるとは考えられない。

と、聞かれたことに対して反射的に答えると、男性は大きな声を上げた。

「おぉ、そうか！　よく無事だったな！　俺たちは今回の試験の見回りをしている〝ギルド職員〟

だ。救助を頼まれてやって来たのだが、遅くなってしまって本当に申し訳ない！」

「あっ、いえ」

やっぱりギルドの職員さんだった。

あの試験官の幼女みたいな職員さんは別として、ギルドの職員さんは決まってこのシャツとベストを着用している。

そして現在はこの危険域《エリア》内で冒険者試験が行われており、見回りをしている職員さんが所々に配置されているみたいだ。

「危険域《エリア》の見回りをしている時に、二人組の姉妹が泣きじゃくりながら助けを求めてきてな。猫のような魔人に襲われている仲間を助けてほしいと頼まれたのだ」

「あの二人が……」

途端、アメジストが前のめりになった。

「そ、それじゃあ、スピネルとラピスは――！」

「安心してくれ。彼女たちは神器が壊れていたから、もう一人の職員と一緒に町まで帰ってもらったよ。それで君たちの保護と魔人の討伐をするために俺たちはここまで来たんだが、その猫型の魔人というのはどこにいるんだ？　ていうかこの森の被害はいったい……」

「あっ……」

ギルド職員さんがキョロキョロと周りを見渡す。

訝《いぶか》しむように眉《まゆ》を寄せて、焼けた森を見据えていた。

魔人を倒すためだったとはいえ、さすがにこれはやりすぎたかな？

僕は咄嗟に注意を逸《そ》らすように、ギルド職員さんに返答した。

「魔人なら、ついさっき僕たちが倒しました」

「倒した？　君たちが三人で？」

「まあ、はい……」

僕はその証拠と言わんばかりに、魔人の神器と魔石を男性に見せた。

すると彼は物凄《ものすご》く意外そうな顔をして固まってしまう。

同様に後ろの女性職員さんも、目を見張って硬直してしまった。

よくよく考えてみると、これはかなり奇妙な話だ。

まだ冒険者にもなっていないただの一般人が、たった三人で魔人を倒しただなんて。

とても信じてもらえるようなことではない。

だけど男性職員さんは、少ししてから硬直を解き、顔を上気させて声を上げた。

「そうか！　それは大手柄だ！　まさかまだ冒険者でもない君たちが魔人を倒すとは、とんだ逸材じゃないか！」

「あ、ありがとうございます」

なんだかむず痒《がゆ》い。

褒めてもらえるのは嬉《うれ》しいが、運に助けられたような勝利でもあるので素直に喜べない自分がいる。

「魔人が出現したと聞いた時は耳を疑ったが、君たちみたいな有望な参加者が止めてくれて本当にありがたい限りだ。何か礼をしたいところだが、まずは早いところギルドに戻った方がいいだろう。試験終了まであと二十分もないからな」

「あっ、そうなんですか」

もうそんなに時間が経《た》っていたのか。

ていうかそういえばそうだった。

僕たちは今、冒険者試験を受けている真っ最中だった。

「魔人を倒した君たちのことだ。すでに試験人形は集め終わっているのだろう？　時間までにギルドに戻らないと合格は認められないから、気を付けた方がいいぞ」

「……は、はい」

今度は別のむず痒さが胸中を襲ってきた。

試験人形は集め終わっているのだろう。

魔人を倒すほどの実力なら疑いの余地はない。そう思ったんじゃないかな。

いいえとは言えなかった。

「俺たちはまだ他に魔人がいないか探してみる。三人で戻れるか？」

「はい、大丈夫だと思います」

「よし、それじゃあ最後まで試験頑張ってくれ」

と励ましの言葉を残して、二人のギルド職員さんはこの場を後にした。

再び一時の静寂が僕ら三人を包み込んでくる。

なんだか気まずい雰囲気だと思った僕は、苦笑しながら改めて提案した。

「それじゃあ、町に帰ろうか。もうすぐ試験も終わりみたいだし」

そう言うと、突然アメジストが声を挟んできた。

「ちょ、ちょっと待ちなさい。あんたたち試験人形は集め終わってるの？」

「いや、その……」

問われた僕は、思わず言い淀《いよど》んでしまう。

おそらく先ほどの、僕の居心地《いごこち》悪そうな表情を見てアメジストは悟ったのだろう。

人数分の試験人形が集め終わっていないことを。

誤魔化《ごまか》しは効かないかな。そう思った僕は、正直なことを話した。

「まだ一つだけしか手に入れてないよ。でも時間的にあとは帰るだけで精一杯だろうから、帰り道で試験人形が落ちてたら僥倖《ぎょうこう》ってところじゃないかな。僕だってもうほとんど戦う体力が残ってないし、こればっかりはしょうがないよ」

「……」

アメジストは何か言いたげな顔で唇を噛《か》んでいた。

もしや〝罪悪感〟でも覚えているのだろうか。

アメジストを助けに来なければ、今頃《いまごろ》は人数分の人形を集め終えて町に帰っていたかもしれない。

何より彼女は一度僕たちの人形を奪い取ろうとしてきた。

その後に助けられてしまったら、さすがに思うところがあるはずだ。

アメジストのその心情を察して、僕は何でもないように肩をすくめた。

「まあ、とりあえずここに一個はあるわけだからさ、少なくともダイヤだけでも合格にしてもらうよ」

「えっ、なんで私なんですか？」

「だって、ダイヤの方が冒険者の才能あるし、それを埋もれさせておくのは忍びないからね」

と言うと、ダイヤは激しくかぶりを振って銀髪を乱した。

「い、いえいえいえ！　合格するなら絶対にラストさんの方ですよ！　試験人形を手に入れることができたのはラストさんのおかげですし、あの魔人を倒したのも実質ラストさんなんですから！」

「いやいや、絶対にダイヤが合格するべきだって。ダイヤがいなかったら僕は今頃死んでたかもしれないし、そもそもあの魔人は試験とは関係ないでしょ」

そう説得してみるけれど、依然としてダイヤは認めようとしない。

断固拒否するという意思をわかりやすく顔に表して、譲る気が一切なさそうだった。

結構頑固なところがあるのかな？　まあいいか。

「とりあえず、そういうのは帰ってから決めることにしよっか。いつまでも危険域《エリア》の中にいるのは落ち着かないし、あの死神姉妹もアメジストのこと心配してると思うからさ。早いところ顔見せてあげた方がいいよ」

「そ、そうね」

というわけでこの話は一旦《いったん》保留にしておき、僕たちは町を目指して歩き始めた。

結果から言うと、帰り道で試験人形を見つけることはできなかった。

試験終了間際ということで、もしかしたら参加者たちが根こそぎ人形を持って行ってしまったのかもしれない。

何より帰り道にたまたま落ちているなんて幸運はさすがに訪れなかった。

こういう運には恵まれていないなぁ。

そんなこんなあって大きく肩を落としながらギルドに戻ってくると、すでにたくさんの試験参加者たちが帰って来ていた。

喜びのあまり舞いを見せる者。世界滅亡の前日と言わんばかりに頭を抱える者。

数は後者の方が圧倒的に多い。たぶん試験に合格できなかった人たちだろうな。

他人事《ひとごと》ではないため、心苦しい思いで彼らを眺めていると、やがてどこからか聞き覚えのある声が聞こえてきた。

「「アメー！」」

「んっ？」

死神姉妹……改めスピネルとラピスだ。

二人は赤と青のポニーテールをそれぞれ振り乱しながら、まるで子供のようにしてアメジストに抱きついた。

「無事でよかった！　本当によかったよ！」

「あの時置いて行って、本当にごめんなさい！」

「バカね、何言ってるのよ。私がそうしろって言ったんだから、あんたたちが謝ることなんてまったくないわ」

そう言ってもスピネルとラピスは泣きじゃくり、アメジストにしがみ付き続ける。

一度は人形を奪い合って戦った仲だけど、この眺めはなんだか微笑《ほほえ》ましいものがあった。

密《ひそ》かに頬《ほお》を緩ませながらそれを見守っていると、姉妹が揃って疑問の声を上げた。

「でも、どうやってあそこから生き延びたの？」

「ギルドの職員さんが、間に合ったとか？」

当然の疑問を投げかけられて、アメジストは肩をすくめた。

「いいえ、間一髪のところをこの二人に助けてもらったのよ。私の代わりに魔人を倒してくれたわ」

途端、鎌使いの姉妹がこちらに視線を向けてくる。

すると彼女たちは面食らったように目を丸くしていた。

魔人を倒してくれた、ということよりも、助けてもらったという事実に驚愕《きょうがく》している様子だ。

よもや一度争った相手が助けに来てくれるとは考えてもいなかったのだろう。

「『ダイヤと、〝錆《さ》び剣使い〟が？」」

「ラ、ラストだよ。ラスト・ストーン。変な呼び方しないでくれ」

「そういうあんたもこの二人のこと〝死神姉妹〟とか呼んでたじゃないの」

アメジストから呆《あき》れたようなツッコミをされて、僕は喉《のど》が詰まる。

だって黒ドレスと大鎌の組み合わせは絶対に死神でしょ。

思わず口にしてしまっても仕方あるまい。

なんて言い訳を挟む度胸はなく、僕は泣く泣く口を閉じた。

するとスピネルとラピスは、なんとも複雑そうな表情で、僕とダイヤにぎこちない頷《うなず》きを見せた。

「……どうもありがとう」

「……アメを助けてくれて」

「うん、どういたしまして」

「当然のことをしたまでですよ。三人ともご無事で何よりです」

死神姉妹の何とも言い難い表情からは、微妙な気まずさを感じた。

意地悪をしていた相手に助けてもらう。

しかも自分らに代わって仲間を助けてくれたので、悔しさやら罪悪感やらが入り混じっている状態なのだと思われる。

それでもしっかりとお礼を言うんだ、とこれまた微笑ましい気持ちで姉妹を見ていると、不意に傍らから声を掛けられた。

「君たちが～、魔人に襲われているという報告のあった参加者さんたちですか～？」

「えっ？」

幼げな少女の声が聞こえて僕は戸惑う。

すぐに辺りを見回すが、それらしい人は見つからない。

と思いきや、すぐ真下に小さな幼女が立っていた。

ピンクのひらひらした服を着て、片手でゴスロリ人形を引きずっている。

今回の冒険者試験の試験官さん、確か名前はガーネットさん……だったかな？

「〝鎌使いちゃん〟の二人から話は聞かせてもらいましたよ～。猫型の魔人に襲われている仲間がいるって～。それは君たちのことですかね～？」

「あっ、はい、そうです」

正確にはアメジストのことだけど。

僕とダイヤはそんなアメジストを助けに行っただけなんだけど、まあ形としては魔人に襲われた参加者と見られるのが当然か。

「魔人を倒したと聞こえたんですけど～、それは本当のことですか～？」

「は、はい、まあ。これが証拠になるかはわからないんですけど」

僕は言いながら魔人の神器と魔石を試験官さんに提示した。

禍々《まがまが》しい色と見た目をした鉤爪《かぎづめ》。

そして黒い光を宿した結晶。

魔人の魔石は決まって、綺麗にカットされた宝石のように整った形をしている。

魔物の生み出す魔石と違って、不気味なくらい綺麗《きれい》な見た目をしているのだ。

加えて禍々しい神器と組み合わせて見せたことで、試験官さんはすぐに認めてくれた。

「魔人を討伐してくれて感謝なのですよ～。大変な目に遭わせてしまいましたね～。試験官としては～、試験に公平を期すために～、できるだけ危険域《エリア》の中には何も入れないようにと思ってたんですけど～」

「まあ、あればっかりは仕方がなかったと思います。侵入してきた魔人が透明になれる力を持ってましたし……」

誰《だれ》も未然に防ぐことなんてできなかっただろう。

何より、冒険者試験の大前提は、事故や怪我《けが》は自己責任。

この人も試験前に言っていたことだ。

危険域《エリア》の中でどんな目に遭い、最悪死亡してしまっても、それは挑戦したその人の責任になる。

そして危険域《エリア》という以上、低確率ながら、魔人が現れることも当然ある。

だから〝誰が悪い〟ということはなく、強いて言えばこれは、僕たちの〝運が悪かった〟だけだ。

「そう言っていただけると～、試験官としては大変助かるのですよ～。魔人の介入によって～、普通に試験を受けることができなかった人もいますからね～」

ガーネットさんはチラリとアメジストたちの方を一瞥《いちべつ》する。

僕とダイヤはまだしも、アメジストたちに至っては完全に試験の妨害をされたことになるからね。

運が悪かったからと言って、他の参加者たちとは試験の難易度が別格に違ったはずだ。

運も実力のうちと言われてしまったらどうしようもないけど。

「想定外のことが起きないように～、次からの試験では～、もっと用心を重ねて内容を考えたいと思います～」

「……まあ、もうあんなとんでもない能力を持ってる魔人は、現れないと思いますけどね」

まさか誰も試験中の危険域《エリア》の中に、透明になれる魔人が乱入してくるなんて思いもしないだろう。

だからそういった心配はおそらく必要ない。

ともあれこれにて、魔人についての報告は以上である。

魔人の神器と魔石は回収されなかったので、後でギルドの換金所に持っていくとしよう。

あっ、いや、神器については【呪《のろ》われた魔剣】の『神器合成』の強化素材にする方が利口か。

魔石の換金額は魔族の強さに応じて変動し、登録済みの魔物の場合はすでに相場が決まっている。

そして魔人の場合は、そいつが使っていた神器と一緒に提出することで金額が変わるのだ。

名前：黒猫の鉤爪《かぎづめ》
ランク：B
レベル：25
神聖力：280
恩恵：力＋260　耐久＋230　敏捷《びんしょう》＋280　魔力＋200　生命力＋200
魔法：【闇雷《カオスボルト》】
スキル：【隠密】
耐久値：85／240

この性能《プロパティ》の神器なら、軽く5万キラは超えるかもしれない。

神器無しでも換金はできるけど、未熟な魔人として扱われて額がストンと落ちてしまう。

うぅーん、でもやっぱり、自らの成長には変えられないよね。

僕は侘《わび》しい思いで、神器合成の道を選択した。

そういえば黒狼の魔人の魔石も保持したままだし、後でついでに換金しておこう。

「ところで～、君たちは『試験人形』持って帰ってきましたか～？」

「あっ……」

そういえばそうだった。

魔人を討伐し、その報告が終わっただけで、冒険者試験そのものはまだ終わっていなかった。

もう時間も残り僅《わず》か。

僕は慌てて懐から試験人形を取り出した。

「そのことなんですけど、僕たち一つしか人形を手に入れてなくて、それでダイヤだけでも合格にしてあげてほしいんですけど」

「えっ⁉」

そんなの聞いていないとばかりにダイヤが目を丸くした。

「それは町に帰ってから話し合おうってことになってたじゃないですか！　もしかしてラストさん嘘《うそ》ついたんですか⁉」

「ごめんダイヤ。やっぱり僕はダイヤに合格してもらいたいんだよ。君の才能をここで埋もれさせたくない」

　ルビィと別れた時と同じだ。

　僕のせいで誰かの才能を殺してしまうのは忍びない。

　僕だって合格したいという思いは強くある。ずっと夢に見てきた冒険者に手が届こうとしているのだから。

　でもやっぱり、可能性の原石であるダイヤを目の前にして、僕だけが合格するなんて絶対にできない。

　そんな話し合いを見て、ガーネットさんが悩ましい声を上げた。

「魔人を討伐してくれた功績で～、特別に合格にしてあげてもいいんですけど～、他の参加者の人たちが～、それを納得してくれるかどうかは別の話になりますからね～」

「……それは、わかってます」

　自分たちは試験人形を手に入れられずに不合格だったのに、どうしてあいつらだけ……ってなるからね。

　仮に魔人を倒したことを公表しても、それを信じてもらえるかはわからないし。

　だからどうにかダイヤだけでも合格させてあげたいと思っているのだ。

　と、必死に頭を抱えていると……

「ダイヤ」

「……？」

突然アメジストが、傍らから何かを放り投げた。

ダイヤはそれを危なっかしい手つきでわたわたと受け止める。

そして手に乗っかったそれを見て、ダイヤはハッと目を見張った。

「えっと、これは……」

「私たちが手に入れた『試験人形』よ。こっちも一つしかないから、全員で合格することができないし、それならあんたたちにくれてやった方がマシよ」

素っ気ない様子でアメジストは言う。

続いて死神姉妹の二人も、その意見に同意するようにこくこくと頷いた。

「ま、三人で合格できなきゃ意味ないしね」

「アメが決めたなら、それでいい」

そういえばアメジストたちも、まだ一つしか手に入れていないって言っていた。

その一つを僕たちに？

「いいんですか、アメジストさん？」

「ま、元はと言えば私たちを助けに来て、人形を探す時間がなくなっちゃったわけだし、あんたたちが揃《そろ》って合格できないのは私たちのせいでもあるしね。それにあんたたちから人形を奪おうともしたし、その罪滅ぼしっていうか……」

と捲《まく》し立《た》てていたアメジストは、やがてじれったいと言わんばかりに紫色のロングヘアを掻《か》いた。

「あぁもう！　いいからとっとと二人で合格して来ちゃいなさいよ！」

「ア、アメジストさん……」

ダイヤの背中を押すアメジストは、心なしか頬《ほお》を染めているように僕には見えた。

照れ隠し、なんだろうか。

そう驚く僕をよそに、ダイヤは突然涙目になって、アメジストの手をとった。

「ありがとう、ございます」

「ちょ、何泣いてるのよあんた！　ていうか手ぇ放しなさいよ！　そこまで許した覚えはないわよ！」

「でも、昔はよくこうして手を引っ張ってくれたじゃないですか……」

「それは昔の話でしょ！　今の私たちは敵というか、ライバルというか……」

これほど慌てるアメジストも意外だと思った。

同じようにスピネルとラピスも唖然《あぜん》としている。

そんな中、ダイヤは不意にアメジストに笑いかけた。

「敵ではなく『一番の友達』です。私にとっては」

「……な、何が一番の友達よ。さっき聞いた時も思ったけど、一人しか友達がいないから、結果的に私が一番ってだけでしょ」

「す、少しは友達いますもん！」

なんて風に、仲が良さそうな様子を見ることができて、僕は心からほっとした。

そうだ。僕からもお礼を言っておこう。

おかげでダイヤと一緒に合格できることになったのだから。

「あ、ありがとう、アメジ……」

「別にあんたにあげたわけじゃない」

「……」

そっぽを向かれて一蹴《いっしゅう》されてしまった。

……ともあれ、これで人形は二つ揃った。

僕たちが自力で手に入れた一つと、ダイヤが大切そうに抱えているもう一つ。

「それでは～、そこのお二人は揃って合格ということで～、宜しいですか～？」

「は、はい。お願いします」

頷《うなず》き返すと、ガーネットさんはニコリと微笑《ほほえ》んだ。

これで合格。

冒険者試験に、合格できた。

ずっと夢に見てきた冒険者に、なることができたんだ。

【さびついた剣】を授かって以来、遠い夢だと思っていた冒険者に、僕は……

胸の内にじんわりと歓喜の熱が滲《し》み、僕は唇を噛《か》み締《し》めた。

思わず声を上げて喜んでしまいそうになる。

しかし、合格することができなかったアメジストたちの前で、手放しで喜ぶことは当然憚《はばか》られた。

なんて人知れず思っていると……

「それと～、紫ちゃんたちにもお知らせがあるのですよ～」

「……？」

ガーネットさんが少し声を落として、彼女たちに告げた。

「今回～、魔人の侵入という異常事態が発生して～、三人は通常通りに試験を受けることができませんでした～。その特別措置として～、三人には別途『冒険者試験』の機会を設ける予定です～。日にちは二週間後になるのですよ～」

「……二週間後」

本来なら半年先になる、次の冒険者試験。

その機会を特別に、二週間後に設けてもらえるという話だ。

それならアメジストたちも、半年を待たずに冒険者に……。

「これなら～、日を改めての再試験ですので～、他の誰《だれ》にも文句を言われることは～、ないんじゃないですかね～」

「い、いいのかしらそれ？　職権乱用なんじゃ……」

「今回の冒険者試験の試験官は私ですので～、ギルド的にはまったく問題がないのですよ～」

ガーネットさんはなんでもないようにニコニコと笑った。

そしてアメジストたちは、信じがたい話を聞いて呆然《ぼうぜん》としている。

そんな三人に追い討ちでも掛けるかのように、ガーネットさんは首を傾《かし》げた。

「それで～、紫ちゃんたちは～、この特別試験受けますか～？　受けませんか～？」

「……」

改めてそう聞かれて、彼女たちは顔を見合わせた。

次いで互いに、意を決した様子で頷き合う。

それからアメジストは、その答えをガーネットさんにではなく、傍らのダイヤに向けて返した。

「ダイヤ、先に行って待ってなさい。すぐに追いついてやるんだから」

「……はい。お待ちしてます」

二人は確かな笑みを交わした。

そして最後にアメジストは、ついでと言わんばかりに、僕にもチラリと目を向けた。

「あんたも、覚悟して待ってなさい」

「……うん」

「それと…………色々ありがと」

「……？」

何に対してお礼を言われたのか、いまいちよくわからなかった。

ともあれ僕たちの冒険者試験は、こうして幕を閉じたのだった。

エピローグ

「それじゃあ、合格おめでとう」

「はい、おめでとうございます」

僕とダイヤは果実ジュースの入ったグラスを打ち付け合う。

そして一息でグラスを空にし、『はぁ～』と力の抜けた声を漏らした。

冒険者試験が終了した後、僕とダイヤは近くの料理店に入った。

お祝いをしようと僕が言い出したことがきっかけである。

そして二人して『冒険者手帳《ギルドブック》』を眺めながら、注文した料理を待ち、全部が揃ったところで乾杯をしたというわけだ。

「おかげさまで、こうして冒険者になることができました。ありがとうございます、ラストさん」

「こちらこそありがとうだよ。ダイヤがいなかったら、今頃僕は魔人にやられてたと思うし、こうして美味《おい》しいご飯を食べることもできてなかったと思うよ」

僕はお肉を頬張《ほおば》りながらそう返す。

本当に、ダイヤがいてくれてよかったと思う。

もしダイヤがいなかったらと考えると、今でもぞくりとする場面は数多く浮かんでくる。

と思っていると、逆にダイヤに謝意を示された。

「冒険者試験のこともそうなんですけど、何よりアメジストさんたちとも仲直りができて、ラストさんには本当に感謝しかないんです」

「……」

ダイヤはじんわりと嬉《うれ》しさを滲《にじ》ませる。

アメジストたちと仲直りができて、心から安心しているようだ。

それはとてもいいことなんだけど、僕は首を傾げた。

「えっと……アメジストたちと仲直りできたのはいいことなんだけど、それについて僕、何かしたっけ？」

「えっ？　何かしたっけって、覚えてないんですか？」

残念ながらあまり……

冒険者試験では上手《うま》く役割分担ができていたので、お互いにお礼を言うのは納得できるけれど、アメジストたちと仲直りできたことに関してはお礼を言われる筋合いはない。

これといって何かした記憶はないんだけど。

「私が落ち込んでいる時に慰めてくれたり、色々と仲直りするための助言もしてくれたじゃないですか」

「あぁ、それのことか」

でもあれって、かなり曖昧《あいまい》な助言にしかなっていなかったと思う。

本当に頑張ったのはダイヤ本人だ。

だから僕はダイヤから感謝されても違和感を覚えてしまった。

「それと、アメジストさんのことも助けてくれました」

「えっ？」

「アメジストさんが魔人の手に掛けられそうになった時、私よりも早く動いて助けに入ってくれたじゃないですか。きっとラストさんがそうしてくれていなかったら、今頃アメジストさんは……」

悪い予感を抱いてか、目の前のダイヤがぶるりと体を震わす。

確かにあの場面は、今思い出しただけでも背筋が凍る。

もし数秒でも遅れていたら……なんて考えると今でも恐ろしい。

「ですので改めて言わせてください。私の友達を助けていただいて、ありがとうございます」

「……どういたしまして」

僕たちは再びジュースを注文し、またグラスを打ち付け合ってそれを口にした。

甘酸っぱい風味が口に広がる中、僕はチラリとダイヤを一瞥《いちべつ》して、なんとなしに尋ねてみた。

「ところでダイヤ」

「はいっ？」

「どうしてダイヤは、冒険者になろうと思ったの？」

「えっ？」

ずっと気になっていたことである。

どうしてダイヤは、魔族と戦うことを生業《なりわい》としている冒険者になろうと思ったのか。

冒険者は基本的に過酷な職業だ。

完全実力主義だし、常に危険と隣り合わせだし、華やかな印象なんて皆無である。

それなのに心優しくて温厚なダイヤが、なぜ血腥《なまぐさ》い冒険者なんて目指そうとしたのか。

そう思って問いかけてみたのだが、ダイヤはなぜかぽかんと固まってしまった。

「あっ、いや、言いたくなかったら別にいいんだけどさ。ていうか、冒険者試験を受けたってことは、祝福《しゅくふく》の儀の後に勧誘はされなかったんだね。最高位のAランクの神器なのに」

なんて風に、慌てて話題を逸《そ》らす。

聞いちゃいけないことだったかな？

そう危惧《きぐ》しての話題転換だったのだが、ダイヤは思いの外あっけらかんとした様子で答えてくれた。

「そういえば勧誘はされなかったですね。まあ、私たちの暮らしていたバイオレット村には、少し変わった掟《おきて》がありまして、歳《とし》が十五を越えるまで村を出られないんですよ。ですので勧誘を受けても三年は村を出られなかったので、見学に来ていた冒険者さんがそもそもいませんでしたね」

「あぁ、なるほどね」

そんな特殊な掟があるなら納得だ。

多くの人が十二歳で祝福の儀を受けるので、その後三年は村にいなければならない。だから当日に冒険者勧誘を受けても村から出られないのだ。

せっかく高品質の神器を授かったとしても、村から出られないのは厳しいな。ダイヤとか特に勿《もっ》体《たい》無い気がする。掟なら仕方ないけど。

「まあだからといって、冒険者の人が見学に来ていたら勧誘されていた、とも思えませんけどね」

「えっ、どうして？　ダイヤの【不滅の大盾】は、Aランクの神器なのに……」

「たとえ神器のランクが高くても、盾の神器に使い道があると判断してくれる人は少なかったんじゃないですかね。もしいたとしても、私みたいな軟弱者を冒険に連れて行こうと考える人は、それこそいなかったと思います。まあアメジストさんは確実に勧誘されていたと思いますけど……」

それは僕も思う。

アメジストほどの素質の持ち主なら、冒険者の目に留まれば勧誘される確率はかなり高いのではないだろうか。

まあ、彼女のあのプライドの高さなら、勧誘なんて受けることはせず、自ら試験での突破を目指すだろうけど。

「ですから、ラストさんが試験開始時に私を仲間に誘ってくれたのは、本当に嬉しくて驚きました。遅ればせながら、ありがとうございます」

「……こんなにありがとうって言われたの、今日が初めてだよ」

あと何回言われるのだろう。

もちろん、悪い気はしないけどね。

「で、冒険者になろうと思った理由ですよね？　別に隠すようなことでもないので、全然お話ししますよ。私が冒険者になろうと思ったのはですね、お父さんとお母さんを探すためなんです」

「お父さんとお母さん？」

僕は思わず眉《まゆ》を寄せる。

お父さんとお母さんを探すって、今は行方不明にでもなっているのだろうか？

「お父さんとお母さんは昔から冒険者をしていて、冒険者試験で意気投合してパーティーを組むようになったらしいです。それで私が生まれたのを機にお母さんだけ引退して、お父さんが冒険者として稼ぎに出るという生活をしていました」

親が冒険者に就いている家庭なら、割と珍しくもない話だった。

ていうかダイヤの両親は冒険者だったのか。

「お母さんはいつも私に、一緒に冒険していた時のお父さんはかっこよくて頼り甲斐《がい》があって……なんて話ばかりをしてきて、私はその話を聞くのが……というか、その話をするお母さんの嬉しそうな顔を見るのが、昔から大好きでした。それとヘトヘトになって帰って来るお父さんを、一緒に『おかえり』ってお出迎えするのもすごく楽しくて……」

嬉しそうにそう語るダイヤを見て、僕は自然と頰《ほお》を緩ませていた。

お父さんとお母さんのこと、すごく好きなんだな。

温かい家庭が築かれていたのだと伝わってくる。

「でも、ある日……」

途端、ダイヤの顔に影が落ちた。

「お父さん、冒険から帰って来なかったんですよ」

「えっ？」

「一日待っても、一週間待っても、一ヶ月待っても、お父さんは家に帰って来てくれなくて、何かあったのかなって私とお母さんは心配になりました。そしたらある日、お父さんと親しかったギルドの職員さんが家まで来て、『とある危険域《エリア》』に行ったきり戻って来ないと教えてくれました」

「とある危険域《エリア》？」

どこだろうそれ？

奥さんと娘さんを家で待たせて、長期間調査する必要のある危険域《エリア》なんて、この近くにあったかな？

「『白金窟《しらがねくつ》』という、真っ白な洞窟《どうくつ》みたいな危険域《エリア》らしいです。聞いたことありませんか？」

「あっ、それなら僕でも知ってるよ。確か、立ち入った人間の頭がおかしくなるとかで、ギルドが立入禁止にしてる特別警戒域だよね？　中には金銀財宝が眠ってるって噂《うわさ》もあるけど、入口が厳重に警備されていて、白級《プラチナ》以上の冒険者じゃないと立ち入りを許されないとか……」

他と比べてかなり異質な危険域《エリア》というのは、浅学な僕でも知っているほどだ。

もしかして、ダイヤのお父さんはその危険域《エリア》に……？

「一応、お父さんとお母さんは二人とも白級《プラチナ》冒険者だったので、危険域《エリア》に立ち入ることができたんですよ。それでお父さんはその危険域《エリア》に入ったきり戻って来なかったそうです。それでお母さんは、バイオレット村の村長さんに私を預けて、お父さんを探しに行きました。居ても立っても居られないっていう様子は、幼い私が見ても伝わってきました」

「……それで、そのあとお母さんは？」

僕が尋ねると、ダイヤは一層表情を暗くして答えた。

「『すぐにお父さんを連れて帰って来る』って、言ってたんですけどね……」

「……」

お父さんと同じように、お母さんも白金窟に行ったきり帰って来なくなってしまったらしい。

お母さんの身にも何かあったと考えるのが自然だ。

それがなんなのかはまるで想像が付かないけれど。

と、ここまでの話を聞いて、僕は一つだけ納得した。

「それでダイヤは、白金窟にお父さんとお母さんを探しに行くために、冒険者になろうと思ったんだ」

「はい。白級《プラチナ》以上になれば、立ち入ることも許されますので、七年前にいなくなってしまったお父さんとお母さんを探しに行くことができるんです。それで、見つけることはできないまでも、そこで何があったのか、私は確かめてみたいんです」

ダイヤが冒険者になろうと思った理由は、以上のようである。

お父さんとお母さんを探すために冒険者に……

初めはてっきり、気弱な自分を変えるために冒険者を目指したのかと思ったけど、まさかそんな立派な動機があったなんて。

それに『見つけることはできないまでも』と言い切ったところを見ると、おそらく一つの覚悟もできているという様子だ。

ダイヤは強い子だ。それでいてとても優しい。

「話してくれてありがとう。そんなに大切な話を、僕なんかに……」

「いいえ。ラストさんだから、私はお話ししたんですよ。ですからそんなに気に病んだような顔をしないでください」

そうは言われても、不躾《ぶしつけ》に聞いてしまった罪悪感は拭《ぬぐ》えない。

きっとダイヤにとって、今の話は〝信念〟のようなものだ。

自分のことを気弱と評すほど臆病《おくびょう》な彼女を、冒険者という過酷な道に進ませるほどの大きな信念。

好奇心だけでつつくなんて失礼千万である。

悪いことをしてしまった。

「じゃあ、今度はこちらの番です」

「……?」

「ラストさんはどうして、冒険者になろうと思ったんですか?」

罪悪感に駆られて目を伏せていると、ダイヤがそう尋ねてきた。

これならお互い様と言わんばかりの微笑みである。

本当に優しいなダイヤは。

これで申し訳ない気持ちが消えるわけではないけど、僕は彼女のその優しさに、少しだけ甘えることにした。

「ダイヤの話の後だと、すごく幼稚に聞こえちゃうと思うんだけど、僕は昔から冒険譚に出てくる英雄に憧《あこが》れてるんだ。僕もいつかは冒険者になって、色んな人たちのために戦いたいなって思って」

「……とても立派な動機じゃないですか」

ダイヤは笑みを浮かべてそう言ってくれる。

反対に僕は、依然として顔を曇らせながら続けた。

「でも、十二歳の時に授かった神器が、このボロボロの【さびついた剣】で、すぐに心が折れちゃいそうになったよ。何の恩恵も魔法もスキルも宿ってなくてさ、一時は冒険者になる夢を諦《あきら》めかけたくらいだから、本当に情けない」

「えっ？」

ダイヤが面食らったように目を丸くする。

まあ、これはさすがに呆《あき》れるに決まってるよね。

英雄に憧れてるとか言っておきながら、すぐに心が折れそうになってるんじゃ、信念でも何でもない。

と思っていたら……

「あの【呪《のろ》われた魔剣】は、初めから使えた力じゃないんですか？」

「えっ？【呪われた魔剣】？」

予想もしていなかった問いかけが飛んできた。

僕の情けなさに呆れたんじゃなくて、【さびついた剣】に何の力も宿っていなかったという部分に反応したのか。

少し安堵《あんど》しながら、僕はかぶりを振る。

「いや、違うよ。最初は本当に何の力もない弱小神器だったんだ。もうとんでもなくびっくりしてさ、Dランク神器とかならまだ頑張ればなんとかなるって思ってたんだけど、まさかここまで期待を裏切られるなんて思わなかったよ」

「……」

僕は苦笑しながら頭を掻《か》く。

あの時は本当にびっくりしたものだ。

まさか僕だけ最低ランクの神器を授かることになるなんてね。

「じゃ、じゃあ、ずっとその【さびついた剣】で戦っていたんですか?」

「あっ、うん。だいたい三年くらい……かな? Fランクのボロボロの神器だったけど、『試し』に強化してみようって思って、ちょっとだけ頑張ってみたんだ。もしかしたらいつかは冒険者になれるんじゃないかなって」

ひたすらトレントを倒し続けていた三年間を思い出す。

まあ、あれはあれで悪くない日々だった。

何か目標に向かって頑張ることは、とても気持ちがいいことだからね。

でも最後の方はさすがに心が砕けかけていたけど。

「やっぱり、立派ですよラストさん」

「えっ？」

「三年もの時間を【さびついた剣】の強化に費やして、それを『試し』なんて言えるの、たぶんラストさんくらいしかいないです。それにきっと、誰《だれ》よりも本気で冒険者を目指していたから、三年間という長さも苦にならなかったのではないでしょうか」

……誰よりも、本気で目指していたから。

だから三年間、頑張り続けることができたのかな。

他の人からしたら苦になるような無謀な修練も、冒険者を本気で目指していたから続けることができたのかな。

そうだったらいいな。そうだとしたら嬉《うれ》しい。

自分ではそんなの、まったく気が付かなかったから。

ただ、僕から言えることは一つだけある。

「まあ、それだけのおかげじゃないけどね」

「……？」

「色んな人たちを助けて、いつかは英雄になりたいって思ってるのもそうだけど、一番の理由は……『追いつきたい人』がいるからなんだ」

「追いつきたい人？」

僕は、華奢《きゃしゃ》で可憐《かれん》で、それでいて心強い赤い髪の後ろ姿を思い浮かべながら頷《うなず》いた。

「僕よりも早く冒険者になって、すごく活躍してる恩人がいるんだ。昔から弱虫だった僕を、優しい手で引っ張ってくれて、いじめられている僕のことを、強い正義感で守ってくれたんだ」

僕が最初に憧れた英雄――ルビィ・ブラッド。

彼女のことを忘れた日なんて一度もない。

きっとルビィが『先に行って待ってる』と言ってくれたから、僕は三年間【さびついた剣】を強化し続けることができたんだと思う。

「……とても素敵な人なんですね」

「うん。だから絶対にその人に追いつきたいんだ。冒険者として同じくらい活躍したい。その人みたいに強くなりたい。それで叶《かな》うなら、いつか『恩返し』もできたらいいなって」

今までずっと、いじめられているところを助けてくれたルビィ。

お礼は数え切れないくらい言ってきたけれど、まだその恩を返したことはない。

だからいつかちゃんとした恩返しができたらいいなって、僕は常々思っているのだ。

そう決意を口にすると、ダイヤは確信を持った様子で頷いた。

「ラストさんなら絶対にできますよ。ラストさんのことを、誰よりも頑張り屋さんだと知っている私が保証します」

「うん、ありがとう。僕、頑張ってその人に追いつくよ。そのために、もっともっと強くなってみせる」

ルビィに追いつくために、英雄になるために。

それに今は、ダイヤも背中を押してくれている。

こんなにも心強い応援は他にない。

と、そこで僕は、一つの用事を思い出した。

「あっ、それでさダイヤ、もしよかったらなんだけど……」

これからも一緒に、パーティーを組んでくれないかな？

僕は心底緊張しながらそう尋ねようとした。

冒険者試験が終わった後ご飯に誘ったのも、実はこれが理由だったりする。

僕はダイヤと、これからも一緒に冒険をしたい。

心強い味方として傍にいてほしい。というのもそうだけど、何より才能に満《み》ち溢《あふ》れているダイヤの成長を、これからも一番近くで見ていたいのだ。

ダイヤの才能は本物だ。まだ芽を出したばかりの才で、臆病な一面が枷《かせ》になっている節があるけれど、おそらくこれからたくさんの人々を救う英雄へと至るはず。

それこそ冒険譚に綴《つづ》られるような偉大な英雄に。

僕はそんな少女の成長を、新たな英雄の誕生を、一番近くで見たい。

だから、我儘《わがまま》を承知でお願いする。

「も、もしよかったら、僕と……」

だが……

「もし宜しければ、私と一緒にパーティーを組んでもらえませんか？」

「……えっ？」

僕の声を遮って、ダイヤが先を越してきた。

「ラストさんが強くなりたいと言ったように、私も強くなりたいんです。それで叶うのでしたら、ラストさんが強くなっていく姿を、できるだけ近くで見させてもらえませんか？　もちろんお邪魔にならないように、そのお手伝いをさせていただけたらと思います。ですから私と一緒に、パーティーを組んでもらえませんか？」

思い掛けない提案に、僕は呆然《ぼうぜん》と固まる。

まさかダイヤの方から、そういう風に言ってもらえると思わなかったから。

信じられないくらい嬉しい。

しかし嬉しすぎるからこそ、思わず呆然としていると、ダイヤは最後の一押しをしてきた。

「だって、たぶん私たち、すごく相性がいいと思うんですよ！」

「……」

これには思わず、僕は吹き出してしまった。

釣られてダイヤも笑ってくれる。

まさかあの時の恥ずかしい台詞《せりふ》を、そのままそっくり返されるなんて。

そうして二人でしばらく笑い続けると、僕は改めてダイヤに手を伸ばした。

「これからよろしくね、ダイヤ」

「はい！」

僕とダイヤは固い握手を交わした。

こうして僕は、晴れて夢に見ていた冒険者になることができた。

頼れる仲間とも出会うことができた。

そして……

『先に行って待ってるよ。ラストも頑張って冒険者になってね。私に追いついてね』

聞こえるはずもないと思いながらも、僕は静かに呟《つぶや》いた。

「一歩だけ近づけたよ……ルビィ」

あとがき

皆様初めまして、作者の万野《まんの》みずきです。

この度は本作をお手に取ってくださり、誠にありがとうございます。


まずは本作を執筆するに至った経緯について。

皆様は、よくクリエイターさんたちが口にする『アイデアが降りてくる』という感覚を味わったことがありますでしょうか？

私は最近まで一切ありませんでした。言葉の意味自体まったくピンと来ていませんでした。

アイデアが突然、魔法みたいに降りてくるなんて、そんな漫画みたいなことがあるはずないだろうと。

思えば美術や工芸といった芸術科目の授業も、毎回必死に『アイデアを捻《ひね》り出していた』苦い記憶があります。

しかしある日、ファンタジー系のＲＰＧをしている時に、『ボロボロのさびついた剣』を入手しました。

その瞬間に私は、本当に何気なく、さびついた剣を持った少年の姿を脳裏に浮かべて、『あっ、これを題材にしてお話を作ったら面白いかも？』と唐突に思いました。

そこから勝手に世界観が広がり、キャラが動き始めて、気が付けば本作の冒頭部分が完成していました。

それを見返した時、もしかしたらこれが『アイデアが降りてくる』ってことなのかな、と考えを改めさせられました。

アイデアは降りてくるものなんですね。そして降りてくると、早く形にしたいという気持ちで満たされて、自分でも信じられないくらい筆がすいすいと進みます。またあの感覚を味わいたいものです。

本作はそんな〝降りてきたアイデア〟と〝自分の大好きな要素〟を組み合わせて書いた作品になります。いかがでしたでしょうか？

これからも、『アイデアよ降りてこい！』と思いながら筆を執ったり、ゲームのコントローラーを握っていきたいと思いますので、何卒《なにとぞ》宜しくお願いいたします。


そして一つお知らせです。

本作のコミカライズが決定いたしました！

ガンガンＯＮＬＩＮＥ（アプリ版）様にて、二〇二一年の九月頃から先行連載開始予定となっております。

続報は小説家になろう様での活動報告、またカドカワＢＯＯＫＳ編集部様の公式Ｔｗｉｔｔｅｒ

よりお知らせいたしますので、是非ご覧ください！

ここからはお礼になります。

Webサイトへの投稿時から応援してくださった読者の皆様、書籍から手に取ってくださった皆様、誠にありがとうございます。

そして本作の刊行にご尽力くださった関係者の皆様、かっこ良くて可愛《かわい》らしいイラストで本作を彩ってくださった赤井《あかい》てら様にも、改めて感謝申し上げます。

それでは、またどこかでお会いできたら幸いです。

二〇二一年春　万野みずき

カドカワBOOKS

【さびついた剣《けん》】を試《ため》しに強化《きょうか》してみたら、とんでもない魔剣《まけん》に化《ば》けました

2021年7月10日　初版発行

著者／万野《まんの》みずき

発行者／青柳昌行

発行／株式会社KADOKAWA

〒102-8177
東京都千代田区富士見2-13-3
電話／0570-002-301（ナビダイヤル）

編集／カドカワBOOKS編集部

印刷所／暁印刷

製本所／本間製本

Printed in Japan
ISBN 978-4-04-074082-9 C0093

新文芸宣言

かつて「知」と「美」は特権階級の所有物でした。

15世紀、グーテンベルクが発明した活版印刷技術は、特権階級から「知」と「美」を解放し、ルネサンスや宗教改革を導きました。市民革命や産業革命も、大衆に「知」と「美」が広まらなければ起こりえませんでした。人間は、本を読むことにより、自由と平等を獲得していったのです。

21世紀、インターネット技術により、第二の「知」と「美」の解放が起こりました。一部の選ばれた才能を持つ者だけが文章や絵、映像を発表できる時代は終わり、誰もがネット上で自己表現を出来る時代がやってきました。

UGC（ユーザージェネレイテッドコンテンツ）の波は、今世界を席巻しています。UGCから生まれた小説は、一般大衆からの批評を取り込みながら内容を充実させて行きます。受け手と送り手の情報の交換によって、UGCは量的な評価を獲得し、爆発的にその数を増やしているのです。

こうしたUGCから生まれた小説群を、私たちは「新文芸」と名付けました。

新文芸は、インターネットによる新しい「知」と「美」の形です。

2015年10月10日

井上伸一郎

死の運命を
回避するため、
悪役噛ませキャラは
廃レベリングで
『最強』へ！

内政で無双していた転生者、
ゲスな王侯を成敗する勢いで国盗り？
漂月　illust. 保志あかり
転生者ノイエは、女言葉の男としてたまに驚かれる事を除けば、家族との辺境暮らしを楽しんでいた。が、ある日王侯の邪悪な陰謀を目にし、頭脳と隠していた魔女の力をフル活用しての国盗りを決意して……？
カドカワBOOKS

辺境下級貴族の逆転ライフ
可愛い弟妹が大事な兄なので、
あらゆる邪魔ものは
魔女から授かった力と
現代知識で排除します

ゲーム知識を使って、
らくらく
レベル上げ＆
スキルをゲット！
元・世界1位の
サブキャラ育成日記
～廃プレイヤー、異世界を攻略中！～
沢村治太郎
illust.まろ

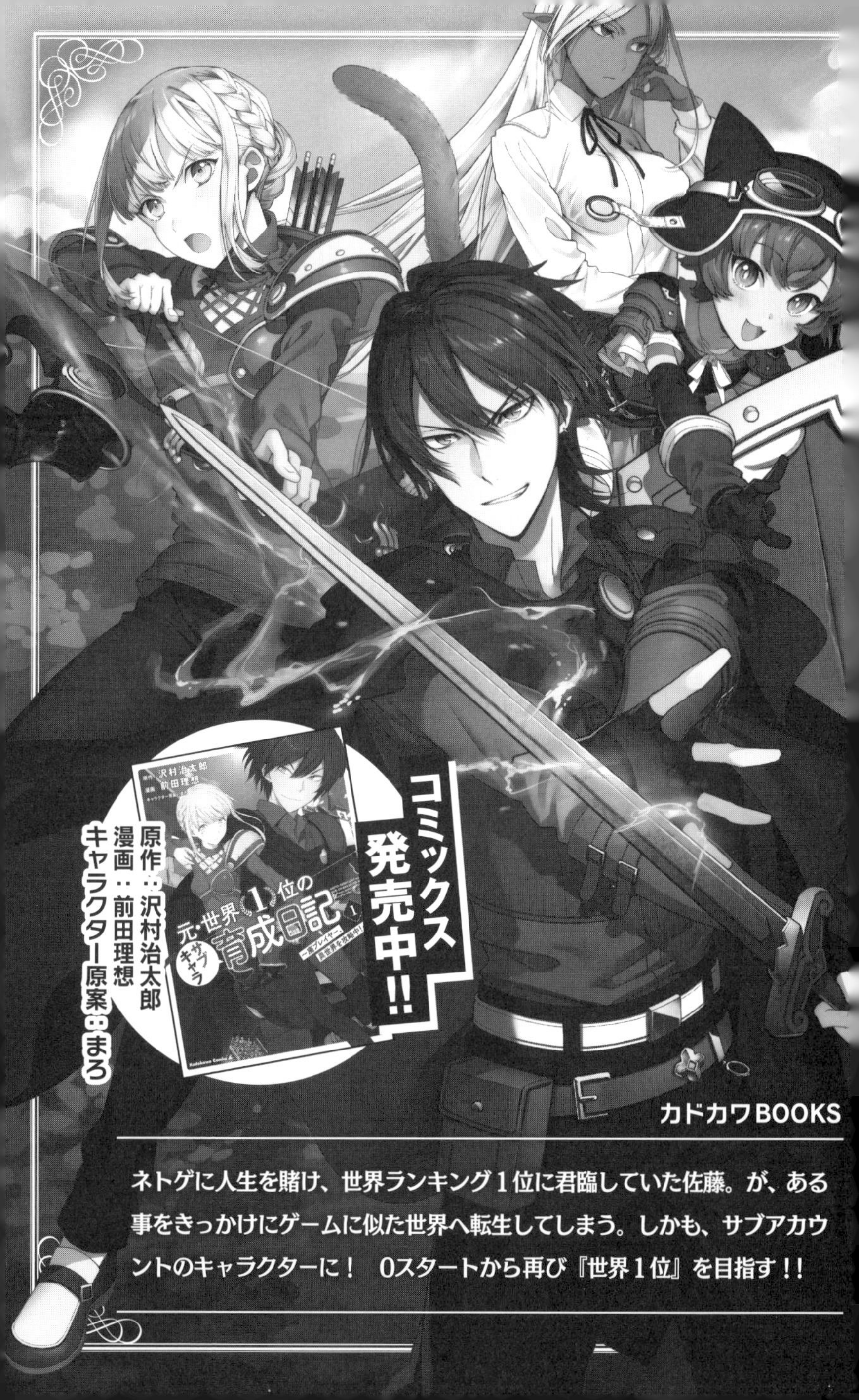

コミックス発売中!!
元・世界1位のサブキャラ育成日記 1
原作：沢村治太郎
漫画：前田理想
キャラクター原案：まろ
カドカワBOOKS
ネトゲに人生を賭け、世界ランキング１位に君臨していた佐藤。が、ある事をきっかけにゲームに似た世界へ転生してしまう。しかも、サブアカウントのキャラクターに！　0スタートから再び『世界１位』を目指す！！

colate
魔王《まおう》になったので、
ダンジョン造って
人外娘と
ほのぼのする
MAOU NI NATTA-NODE
DUNGEON
TSUKUTTE
JINGAI-MUSUME
TO HONO-BONO
SURU.
カドカワBOOKS

うみ　イラスト／あんべよしろう

転生し公爵として国を発展させた元日本人のヨシュア。しかし、クーデターを起こされ追放されてしまう。絶望――ではなく嬉々として悠々自適の隠居生活のため辺境へ向かうも、彼を慕う領民が押し寄せてきて……！？

カドカワBOOKS